LOCUS

LOCUS

LOCUS

LOCUS

catch

catch your eyes；catch your heart；catch your mind……

catch 31 愛情聲帶

明日工作室◎企劃
陳佩君◎主編

責任編輯：韓秀玫
美術編輯：何萍萍
法律顧問：全理法律事務所董安丹律師
出版者：大塊文化出版股份有限公司
台北市105南京東路四段25號11樓
www.locuspublishing.com
讀者服務專線：0800-006689
TEL：(02) 87123898　FAX：(02) 87123897
郵撥帳號：18955675　戶名：大塊文化出版股份有限公司
e-mail:locus@locuspublishing.com
行政院新聞局局版北市業字第706號

總經銷：北城圖書有限公司
地址：台北縣三重市大智路139號
TEL：(02) 29818089 (代表號)
FAX：(02) 29883028　29813049
製版：源耕印刷事業有限公司
初版一刷：2001年 4 月
定價：新台幣 180 元
ISBN　957-0316-64-0
Printed in Taiwan

愛情聲帶

明日工作室 策劃

目錄

圖／吳嘉鴻

愛情聲帶

文／女鯨
圖／吳嘉鴻

城市帶著海洋的體味，熟睡著。

我帶著你留下的吉他，流浪在語言和緘默的國界。琴弦已經鬆脫了，木質的琴盒上有你的肌理，輕輕滑過，幾個模糊的單音墜地，還有一些些波浪的線條殘留。是啊，我無法不想起你微笑著的時候，低垂的眼瞼下流漾的光。

這個時候，你在做什麼呢？也許正駕著詩的方舟，在船尾懸掛一串粉紅的罌粟草，收集了眾多幻想的青原上奔馳的魔羯、人羊或是獨角馬，等待文明退潮後，第一枚漂來的橄欖葉。你不會派遣鴿子去探路，你會自己躍入水中，伸出淺鏽太久沒有揮動的鰭，游到最近的海岸上去探勘眞理。我記得的，你一向喜歡自己去確定整個世界的模樣。

你離開了，但是你留下來的吉他，模仿著你的溫度和姿態，陪我越過荒冷的盆地，穿行於夢境的隧道與現實的冰脊，夜深的時候獨自唱歌，直到黎明從時間的體腔中甦醒，驅逐我怕熱的靈魂。

推開彩色玻璃門，想要模仿你那種帶點無所謂的神情，像電影裡那樣，瀟灑地拍拍大衣上的雨漬，在吧台偏左的位置坐下，讓吉他靠著桌子，低聲點一杯馬丁

尼，然後點一根煙，不抽，只是讓它燃燒著，焚出一小片煙霧，你總是說：「透過煙霧，一切都是美的。我已經受不了這個太眞實太肉感的世界。」第二天，你又可以充滿笑容地去應付人際與工作，那種線條勃發的樣子，讓我不禁懷疑昨夜頹廢的眞假。但是，你就是這樣的不是嗎，生活總要過的。

於是我坐在這裡，你愛的，人魚碼頭酒吧，彩色玻璃切割的眩麗光影可以讓人忘記一點什麼。「最少，外面下雨下的讓人心碎的時候，你不會清楚地看見天空的淚滴」，第一次帶我來的時候，你這麼說著。

周圍那麼多人，小口啜著酒的，聊天的，聚一圈打撲克牌的，瞪著模糊窗景發呆的，甚至有人在角落的小圓桌就著昏昧燈光看書。今天也沒有下雨，街道洋溢著乾燥的氣味，溫暖的夏天的風划過街角，這顯然是不適合憂鬱的。我彷彿從世界抽離一樣的，搜尋著記憶中你的舉動，比參觀博物館要做作業的小學生還要專心。然而你已經離去。

彷彿投水的人魚化爲泡沫，你確實已經離去。

走出人魚碼頭，背著你的吉他慢慢走在夜深的城市，窗戶都閉上了眼，只有列

隊的路燈孤獨地撐起巨大的睡意，投遞稀薄的光亮給晚歸的人。而月亮呢，在很遠很遠的銀河彼端，神情清冷，散發著寂寞的香味；我眞的是好羨慕啊，可以站在那麼高的地方，和一切紛擾都不相干，分外看清糾纏的人間。

上次，你問我下輩子想投生爲什麼，我說，我想投生爲你身體裡的一朵浪花，這樣我們就是在一起的了，我不必再費力地張開聲納追蹤你的來處、去向、溫度和能量，只需要小小聲地唱著，讓你把我推向岸，碎散，然後返回大海。這樣，我就不用思考，不用猜測，就是你的億萬個分身之一。

現在想起來，眞的只能夠笑一笑就過去，就像多年以後徒然遇見初戀情人然後淡淡地說起往事種種，那般輕易。但是，我們連海和海岸的關係都不是，你還是沒有來去生死的海，我卻逐漸退遠了，像一隻斷線風箏。

已經不想再愛了。多麼辛苦，我已經走過一遭。

再見。我在心裡悄聲說著。無人的街頭是流浪的舞台，讓我站在燈下，宛如一名劇光燈裡的悲劇演員，撫摸你的吉他，唱不出任何一首詠嘆調。

就要天亮了吧？我的心，將不會下載任何風雪。

幸福站在我們這邊

文／飛刀

圖／吳嘉鴻

讓我們一起走進城堡，目標是城堡裡高聳入雲的教堂。

妳聽見鐘聲嗎？鐘聲像幸福的白鳥，溫柔地向我們飛來，我們張開雙臂迎向前去。

妳的手心微微沁汗，又滲入我的手心，那溫潤的汗水將我們的掌紋黏在一起。我們將會有共同的命運、共同的喜樂與憂愁。

我們的愛像郵票與信封之間的膠質。

城堡是我們辛苦多年擘建的，以彩虹砌牆，以夢掘井，以音符播種，以歌聲鋪成向晚的街道。

如今城堡就在我們眼前，它美麗而堅固，一如我們的愛。

我們把城堡建築在空中，讓它像一艘熱氣球，緩緩地移動，只要打開窗，就可以看見整個世界都在腳下。我們將愛撒落，像一片片的楓紅迎風飛舞。我們要將愛分享給人間所有尚未點亮的燈。

妳聞到了嗎？我們的城堡瀰漫著梔子花、薔薇和熱麵包的香味。在甜美的光影中，一陣不經心的微風，都能打動我們的心。

我們以微笑交談，以彼此的眼神爲床。我們不需要言語，甚至不需要詩歌介入

我們豐盈的靈魂。

我們只藉由空氣中的游絲，就能跋山涉水，抵達彼此的心。

來，來吧。前往教堂的途中，我們很有默契地同時放慢腳步，就在我們的家門前停下，昨天才在門前種下的幼芽，一夕間就長成大樹，我們用無限欣喜的淚灌溉，把藍天鋪在樹下，讓雲成爲我們永不分離的泥和水。樹葉飄落如一頁頁的情書，它們不等枯黃就飄落，因爲，因爲我們的愛永遠年輕。

把我們的腳步放慢一點、慢一點，聽聽花朵的綻放、種籽的輕微爆裂。聽聽啊，請聽聽樹木們告訴我們大自然捎來什麼奧祕。

我們沒有距離，地平線從此失去意義，今天，就讓我們把那曾經綁架過無數戀人的地平線扯下，繫成兩架面對面的鞦韆，妳盪向我，我盪向妳。盪得高高，高到教堂尖頂、高到彩霞、高到幸福的天堂。啊，別擔心跌下來，藍天就鋪在我們腳下，何況還有我們可靠的城堡將我們穩穩地托住。

妳聽，樹上青鳥在唱歌，歌聲清亮如玻璃珠。妳聽！教堂的鐘聲又響起了，催我們快步迎向它。那馨香的、多色澤的、形而上的鐘聲愈來愈靠近我們的胸膛，引起我們整個體內美好的共鳴。

我們甚至不想走進教堂了，因爲愛就是信仰。任何具體的形式，都會玷污聖潔的愛。我們只想在樹下閒閒盪著鞦韆，讓歲月自己去忙；我們可不急，因爲幸福站在我們這邊。

我們將有一對孩子，他們擁有紫丁香的瞳眸、夢想打造的骨架子，黃金提煉的嗓音，他們在水晶床追玩著小星星，城堡就是他們的積木……我們滿心歡喜地接受他們把城堡推倒，重建，建成他們喜愛的模樣，那時我們只需要兩把年老的搖椅，放在看得到他們成長的地方，靜靜地注視著孩子一天比一天勇敢、一年比一年美好。

啊，孩子是我們逝去的歲月的復活；孩子是一列可愛的玩具軌道車，穿過兩顆心，緊緊地圈我們在一起；孩子是太陽、銀鈴、慶典、風與月。孩子是信仰。孩子是我們之所以存在！

來，來啊，我所有的摯愛，我如此卑微，卻承受如此巨大的恩寵。生命啊，生命每天以孩童般的小跑步迎向我，我如何忍心退卻？

當日子巨大地站在眼前，我們攜手前進，以愛爲名，永不停止。

月亮月亮愛上誰

文／阿嬤
圖／吳嘉鴻

阿薩，自從你離開後，我向月亮傾訴的習慣仍然不變。

月亮曾是我們的密語、我們共同的體溫，唯有月光才能將我們的心靈開鎖。

我每向月亮傾訴一次，它就向我靠近一寸，原先以爲是幻覺，直到有一天，它在窗口遞給我一枝彌漫著月光的紅玫瑰，我才相信，這是眞的——月亮愛上了我。

我握著月光玫瑰，整個人陷入了夢幻之中，月光玫瑰融入我的手心，滲入我的血液，彷彿一艘愛的小船，在瀲灩的湖心飄搖。

我被寂靜與甜蜜完整地包圍了。阿薩，這種感覺已經超乎我們之間曾經有過的愛了，它純淨自然到讓我分不清開始與終止，說不出今夕是何夕。

月亮說：「我愛妳。」

同時，月亮將玫瑰送到我的鼻前，溫度與香味都恰到好處。

尤其正值秋天，月亮的聲調分外柔美。

從他送我玫瑰那一天開始，每天晚上他都來到窗前，先靜靜地、認眞地聽完我的傾訴，然後，輪到他傾訴他的故事。

我們相互傾聽，彷彿無法形容的妙諦在月亮與我之間流轉。

月亮告訴我，他歷經過的古老歲月、他看過的高山、大海、沙漠……；他笑著訴說，他曾經聽過的關於他自己的掌故，例如中國的嫦娥奔月、希臘羅馬神話中黛安娜月神的事跡……

他說到興味濃時，撫掌大笑說：「我可不是傳說中陰柔的女性喔！我是貨眞價實、永不年老的大男孩呢！」

我問月亮：「爲什麼選擇我，我是你第一個女孩嗎？」

月亮突然沈默半晌，接著以篤定眞摯的語氣答說：「是。」

月亮說：「我看過太多的愛情，從古至今，人們的愛情最常在月夜發生、而又在月夜分離。我已厭倦了一切戀人絮語，再如何的海誓山盟，人間的愛總是殘缺不全。這不是主觀評論，而是隔著遙遠的距離，所觀察和傾聽而來的結論。不完整，才是人生的定義。」

我憂愁而甜蜜地注視著趴在窗口的月亮（他還未曾翻入我的閨房呢）。

月亮說：「對於愛情，我始終是一個旁觀者，或者是洞觀者。事實上，我不敢

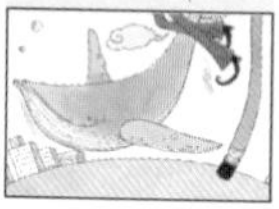

靠愛太近，因爲我會灼人。我站得遠遠、遠遠的，竟然變成了愛情的布景、乾冰，我已經忘了愛情或者生命，都必須先身歷其境才能判斷滋味。我從不曾親身經歷過一場愛情啊，我想，我們可以成爲人間愛情最完美的示範吧？當然，妳不必爲了我這席話而有壓力，請把我剛剛說的忘了吧！」

月亮說：「我選擇妳，因爲妳的前世是『夜』，而我是『月』，月與夜本來就是一體的。何況，妳是唯一一位對月傾訴全以詩句與音樂的人。」

阿薩，如果換成是你，你不會被月亮的心意感動嗎？

月亮揹著我飛翔、月亮開啓我的眸、月亮將我的心臟染成神話……我能與月亮相愛，其實必須感謝你。阿薩，我這樣說，心中沒有一絲絲的恨意。確實是你教我「如何閱讀月亮、傾聽月亮，並且如何向月亮傾訴。」

阿薩曾說：閱讀月亮，必須從想像月球的荒蕪開始，如此才能眞正品嘗到豐盈流漾的月光。我是照著你的說法，一步一步向月亮走去，讓他聽到我、觸到我，最後擁有我。

我回憶著。阿薩，你是何時向我提到關於月亮的種種呢？第一次是我們騎雙人協力車上大度山的深夜（之後，我們總習慣深夜上大度山）。那時我們是大四的學生，你忙著考研究所，我除了戀愛與詩，此外無所事事了。你念書到深夜、我寫詩到深夜，然後深夜相約一起上大度山。是的，第一次騎協力車上大度山眞把我們給累垮了，我們喘吁吁地躺在草坪上，月亮躺在星空上，我們傾聽彼此的呼吸聲，週遭的大寂靜傾聽著我們……阿薩，你開始跟我談及你多麼地熱愛月亮，我聽著聽著，心卻被月亮牽引、提昇……有件事我一直沒有跟你說，那一刻，彷彿是月亮在跟我述說，而不是你，那感覺竟然眞實到令我吃驚。

阿薩，自從你離開後，我度過一段苦難的生活。這一切只有月亮知道。你昨天突然出現，突然再次邀我中秋賞月，我的沈默與淚，明白地回絕了你，我知道你傷心，但我決心選擇月亮。當面對孤注一擲的愛情，我也想以孤注一擲回應。如果月亮也體會到愛情的誠實和美好，那麼，日後在每一個月夜裡，世間的情人們必當更能沐浴在幸福的月光下。

TAXI

星星、月亮和太陽

文／阿蠣
圖／吳嘉鴻

星星、月亮、太陽是三姊妹。她們共同掌管天空的領土，從白天到黑夜，日復一日，年復一年，到最後竟然變成一種義務和職責，漸漸失去了生活的樂趣。

大姊是太陽，她獨自掌理白日的天空；老二是月亮、老么是星星，她們年紀和膽子都比較小，倆人共同掌管夜晚的天空。

「中秋快到了呢！」月亮說。

「是啊，要進入清爽舒服的季節了！」太陽和星星興奮地說。

「可是我卻感到相當煩悶、躁熱，整個臉和身體一直膨脹似的！」月亮說。

「我知道了！」心思細膩的星星說。

「知道個啥？」月亮嘟著回嘴。

「那是因爲妳是——月亮——的緣故。秋天是月亮的季節嘛！」星星說。

「才不呢！秋天是詩人的季節。」月亮說。

「是燃燒的季節！」太陽指著滿階紅葉說。

正當星星、月亮、太陽爭吵不休時，一朵白雲迤然路過，白雲帶著戲謔的口吻說：「秋天，是反省的季節！」然後，飄走了。

星星、月亮、太陽三姊妹，楞了一下，噗哧笑了出來。

「人們已經漸漸淡忘我們了。」她們感慨地說，竟然將光與熱皆視爲理所當然。

太陽滋養大地萬物，理所當然；星星指引迷路的夢，理所當然；月亮神父般地反覆傾聽戀人的叨絮，理所當然。

理所當然！

愈不可或缺、愈親膩的獲得，愈容易變成不可理喻的習慣。人們已經習慣了被愛，將被愛視爲理所當然，於是，痲木了……。

「星星、月亮、太陽，不可或缺。所以，不珍貴。」她們異口同聲地說。

「這樣子好了，我們來開地球人一個玩笑。好讓人類仔細想起我們。」

「怎麼做？」

「同時把我們自己撚熄啊！」

「如此，天地就一片黑暗囉！」

「人們會以科技去製造電能和其他能源來發光。」

「別擔心，日月星光才是生命的泉源，人們撐不了多久的。」

「這樣會不會太殘忍？」

「當然，只是嚇嚇人們而已。」

太陽花了許多力氣仍摁不熄自己，因爲她生命的火焰太旺，太過驕傲、外露，而且太習慣受矚目。最後她商請一大隊烏雲將她團團圍住，不過，烏雲很快就會融化的。只能擋二十四小時。

月亮太愛美，太柔弱，又怕黑暗把自己搞髒，好不容易才克服心理障礙，用長髮將臉遮起來。

星星太遙遠了，要把自己關掉，手搆不到。後來她靈機一動，把心窗關了，於是所有的星星都不見了。

星星、月亮、太陽在同一天，讓自己消失在空中。

預期中人們的大恐慌開始了！可是，並沒有發生。人們其實已經習慣或喜愛夜生活。

黑暗，讓慾望的流竄更猖獗。罪惡們甚至手舞足蹈地歡呼。

面對這種出乎預期之外的場面，星星、月亮和太陽都看傻眼了。甚至悲傷起來，因爲自尊心被打落地獄……這時，天空颳起陰風慘雨。然而人們居住的地方燈火通明，地球上到處散佈一顆一顆的小鑽石似的。

「原來，我們的存在早已不是那麼必要了，」星星、月亮和太陽說。

正當星星、月亮和太陽坐在一起沈默傷心時，原先摁熄的光亮，因爲他們匯聚在一起的體熱而重新點燃。

結果，光明大放，地球被加倍地照亮、燒烤。

這瞬間人們才感受到星星、月亮和太陽的強烈存在。但是已經來不及了，星星、月亮和太陽原先只是一個玩笑，如今聚在一起所造成的灼燙，讓地球瞬間變成一片焦土。

「這代價未免太高了？」星星、月亮和太陽在走回自己的位置時說。

「反正已經來不及了。」

「應該還會有另一個『地球』正在醞釀誕生吧？」

「理所當然。」

黑色童話

文／飛刀
圖／吳嘉鴻

這是一顆永夜的星球。沒有花草樹木、蟲鳴鳥嘈，也沒有行色匆匆的路人；有的只是高聳的建築物，以及停在建築物旁的汽車。

街道上沒有燈，除非月亮出來，否則無法辨視你在這顆星球上的生存位置。

沒有花草樹木，就無法製造氧氣，所以建築物裡全都空蕩蕩的，街上的汽車也是空蕩蕩的，沒有生物可以在這樣的星球生存。

一片死寂。

可是，此刻走在街上的我，難道不是「生物」嗎？算是，也不算是。

我是一個木偶。一個「有生命」的木偶。

我先解答你第一個疑惑好了。爲什麼看不見樹木？因爲，所有的樹都被砍來製作木偶。木偶們整天都在街上行走，沒有一刻休息。我們的身軀沒有根，沒有葉，也沒有芬芳的花朵。木偶在街上行走，可不代表自由，我們行走是怕孤獨，怕生命有限，怕一靜止就會變成死亡的枯木。

我們透過在街上行走的方式，摩擦關節，讓身體產生熱能。

沒有氧，我們如何呼吸呢？在被砍伐前，我們已預先在體內儲存大量的氧氣，所以，「我們是在自己的體內呼吸」，而體內的氧慢慢循環於四肢，當我們擺動四肢

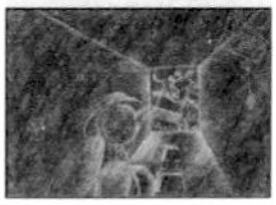

時，氧氣被熱能徐徐燃燒，造就了我們的「生命」。

也許你會問，我們吃什麼？這不是最致命的問題，因爲我們只喝水。這顆星球的地底有伏流，當我們——我們這些木偶餓了，就必須站立不動，爲什麼？問的好！我們必須持續站在原地一年，長出一些「根」，探向地底的伏流，才能喝到水。

喝到水以後，就得趕快行走，否則關節會鈣化，再也不能摩擦產生熱能了。我剛剛講過，最致命的不是飲食問題，而是我們體內不斷消耗的氧氣。

氧氣消耗完了，就是木偶生命的終結。

到底是誰砍伐了這顆星球的樹木呢？又爲什麼？已經無從追究。如果你堅持打破沙鍋問到底，那麼你必須忍受長篇累牘的說不完的故事。

據說在遙遠的宇宙中，有一顆星，叫做地球，那裡曾經流傳一個故事，有一個木匠製成一個小木偶，有一天那小木偶竟然會說話、會走路（在我們的星球木偶本來就會走路會說話，有啥稀奇？）如果那小木偶說謊，鼻子就會變長（這更匪夷所思了）。在我們的星球，「說謊」鼻子不會變長，反倒是「不說謊」，就沒辦法生活下去。

此話怎講？我說過，在這顆永夜的星球上，木偶們體內儲存的氧氣很有限，誰也不知道體內的氧氣何時用罄。

每一個木偶隨時都面臨死亡的威脅，所以木偶們走在街上總是面露憂戚，對於死亡，眞有誰想得開呢？木偶走路時喀啦喀啦地響，像一具具白色的骸骨，如果正好月色當空，整個星球就有點像鬼域了。

話再說回來，木偶們只好靠著「說謊」才有勇氣活下去。我們彼此用誇張的語彙激勵，譬如我在街上遇見一個熟識的木偶，我會說：「天啊，你的氣色多好。你體內一定儲存了無窮無盡的氧氣！」而對方也會煞有介事地回答：「是啊，你也不差，你渾身散發著熾烈的熱能！」

在彼此愉快地道聲再見後，又各自拖著憂鬱的背影走遠。

「說謊」，在這顆星球上，是一種養分。「說謊」無關廉恥、無關罪惡，它是一件正正經經的事，是一種賴以維生的神聖技能。

我持續在街上行走，滿街都是愛說謊的木偶。我們的生活就只有——行走和站立。行走爲了產生熱能、站立爲了向下紮根飲水。

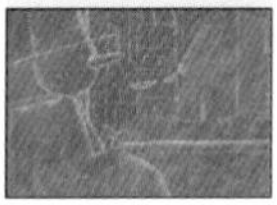

木偶們大多面無表情，只有在說謊時才會有特別誇張的笑容。我對於這顆永夜的星球、對於滿街面無表情行走的木偶，已經感到萬分厭倦。

我靠在街道一面黑牆，牆角恰巧有一張斑剝生苔的石椅，想必已經千百年無人來坐了。

我突然有一股強烈的慾望——我要坐下來歇息。

我很努力地彎曲關節，骨頭（木頭）喀啦喀啦地響，很擔心一坐下來，全身就會崩解。

但是，我眞得坐下來了。一種前所未有的感覺，那種伴隨著體內的氧氣消耗所造成的焦躁不安，在我坐下來的那一瞬間，就消失了。

平生第一次，我覺得不必靠「說謊」才能平靜，而是——坐下來，這個簡單的動作。

坐下來以後，突然驚覺，此刻我已脫離滿星球的行走的木偶，而成爲旁觀者。

「以前的自己是多麼滑稽啊！」我泛起會心的微笑，好平靜，好美的夜晚。

我幾乎可以撫觸到體內氧氣的揮發，一絲一縷，最後，完美地，空了。

我面露微笑地，和一張安頓身心的石椅，融爲一體。

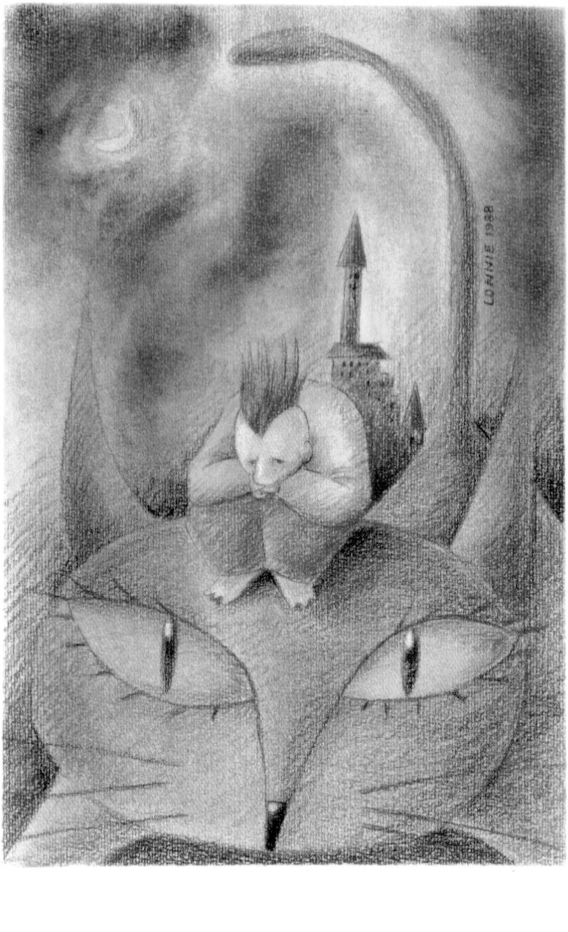

第一個快樂

文／木焱
圖／吳司璿

在這個城市裡，我是孤單的。只有一隻貓陪我，他是紫色的，而且有一對大大的貓眼。每當寂夜，我都會幻想蹲踞在它的額頭上，我變得很輕盈，可是我還是飛不起來。它靜靜底張開雙眼，瞳孔縮小得像兩個黑影站在白茫茫的大雪中。

其實，夜晚一點都不冷，夜晚也沒有風，沒有貓頭鷹咕咕叫，沒有蟲鳴，沒有影子，也沒有妳。我慢慢感覺孤單的巨大，我開始變得很小很小，貓仰起了它的尾巴，在黑暗的夜空裡彎成一支釣竿。我無語著。

我把貓丟下去了。我輕盈地跳上世界唯一存在的上弦月，那裡剛好有我可以躺臥的一塊空間。我仍然維持原來的姿勢，只是貓已經不在我身邊，我變得更加孤單，隨著月亮越來越遠。它在地球上應該會比在我身邊快樂吧，我這麼想。它可以去找尋貓伴玩樂，或者會遇到一個能眞正懂得愛貓的作家，然後把它放在他的腿上，靜靜地看他寫作。或許它會和愛人結婚生子，就像大多數人一樣，最後當上阿公阿媽。我一點都不會牽掛它，就算它被車撞死了，我還是不會改變我的姿勢去把它抱起。我要維持這樣的一種孤獨，當我失去最愛的人之後，我的這種姿勢就是我

最佳的防護。它是自由的，它不必在這裡陪伴我一起孤獨。當黎明來臨之時，我既將與這個世界道別。

或許我可以是一個快樂無憂的人，這個世界還有甚麼不可能發生的呢。我可以是一個很有成就的詩人，留著龐克頭的棕色頭髮，右耳戴著耳環，穿著輕便服裝，常常臉帶笑容。這樣不是很好嗎，還有一隻紫色的貓圍繞在我腳旁，和我一起在地上打滾、追逐、翻跟斗。我能夠是一個擁有快樂的人嗎？當夜晚升起彎彎的月亮時，我感覺那裡才是屬於我的吧，完完全全屬於我的地域，不會再有任何的干擾，包括憂傷、快樂、生、死、離、別。而它呢，我可愛的小貓，紫得讓人想永遠抱著它、擁有它，但永遠又是甚麼呢？能有比永遠更永遠，或比永遠更永遠更永遠的永遠嗎？我不想知道，我也不想擁有，我選擇了離去，我選擇了真實的悲傷，快樂是不屬於我的，快樂，只是傷心太久後語無倫次的笑話。我知道，當月亮離開地球越來越遠時，我也把悲傷從它那兒帶走，讓它擁有真正的、地球上的第一個快樂。

冰之精靈

文／綠島　圖／戴惠珠

「藍色的影子在我面前不斷的晃動，有水的聲音、有冰藍的冷意瓜分了我橘色的溫度，溫暖與冰涼的記憶同時跑上我的心頭，那種感覺像爸媽，像他們的愛與爭執。不，我不要。我可以只選擇他們相愛，而不要爭吵嗎？我可以只要擁抱不要分離嗎？」

橘頭王子裸著上身，穿著一條紅色內褲，流著淚，跑向廣闊無垠的海邊。他伏在岸邊看著淚水輕輕的從自己的臉頰滑落，然後滴在柔軟的海波上。淚水滲透進海的肌膚裡，隨即化開，融向更深更遠的海底。觸摸到深海的核心，海因而悲傷，泛起更多淚水，淹沒了孩子、孩子的淚水、孩子的傷痛、孩子的記憶，那些藍色、橘色的印象，全都隨著淚水揉合在一起。

「我彷彿記得我跑啊跑的，想要跑開那些爭吵的聲音。接著，一片水藍向我襲來，什麼也看不見了。那是什麼？是什麼載著我往前！是什麼催促著我，直在我耳際曚昧地流動著，那些流去的東西是什麼？」橘頭王子被海水沖離了家鄉——綠色之島，漸漸往遠處飄去。

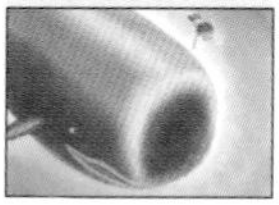

「有東西在跳動著，鼓噪起內心的不安與噪動，攤塌的靈魂就要迎風飛起，生命顯然就在旁邊，正從旁邊經過！那麼多的生命一直不斷的從旁邊經過，我聽到好多的聲音。他們之間是不是也會有橘色與冰藍色的記憶啊。」一隻灰鯨快速的載起他，橘頭王子模糊的意識隱約感覺到水拍打著他的臂膀。

「醒來啊！孩子。醒來啊！孩子。」灰鯨的眼睛水亮的在海裡滾動著，猶如一顆晶瑩剔透的珍珠。灰鯨輕輕的載著孩子，在海裡，夢境跟著被載到遙遠的天邊。

「奇怪，是什麼東西硬硬的撐住我的臉頰啊，怎麼有鹹水的味道呢？」橘頭王子慢慢睜開他朦朧的雙眼，赫然看到灰鯨定定的看著前方，認眞的載著他前進。

「哎呀！鯨魚！」橘頭王子驚呼，軟趴趴的身體馬上從鯨背上一躍而起。

看到灰鯨，他開心極了，還沒完全鎭靜下來便跳進海中，和灰鯨來回的嬉戲，就這樣他們一點也沒發現太陽已一次一次的從金黃轉爲澄橘。

「鯨魚先生，帶我去尋找可以讓爭吵停止的方法，好嗎？」玩倦的橘頭王子慢慢的爬上鯨背，他讓自己在鯨背上滾來滾去，有幾次不小心滾入水中，他又奮力爬起，接著他把頭貼在灰鯨的身上，彷彿想起什麼，然後開始認眞的問著灰鯨。

「方法，這得讓我好好想想。對了！走，我們去尋找冰之精靈。」灰鯨一邊說著，一邊朝著北極區的方向游去。

「北方，最北的地方有什麼？」

「那裡有一塊冰之精靈，那冰之精靈裡藏著某一種能量，據說可以使人改變。冰與冰之間蘊含著一塊塊的粉紅晶塊，握住這塊粉晶，能讓人回憶。」

「回憶能做什麼？能不再爭吵嗎？」橘頭王子一臉不解的問道。

「人與人之間，最美的是什麼？孩子。」「想想如果有一天，就那麼一天，你重新想起你愛的人年少的樣子，你看著他一直不斷的長大、改變、深嚐歲月的滋味。那該是一種多麼特別的經驗啊。想想你的父親、母親；如果你還記得他們生你時的模樣、他們初次學習當父母時的生澀模樣、他們夜裡餵食你的模樣，如果你可以記得這些，這些畫面，你必然了解回憶的意涵。」灰鯨的眼神裡透露著深深的感情，令橘頭王子爲之神往。

「粉紅色的晶塊融在冰與冰之間，它可以讓人回憶。」橘頭王子埋入小時候的回

憶，其實大部份的回憶他是根本也記不起來。

太陽緩緩的從海平面昇起，剎時，整個海面晶亮的令橘頭王子睜不開眼睛。突然，藍色的天空出現一大群的信天翁，快速從他們上方經過，希望在他們之間升起。灰鯨快速的往前游，一片片的浪花沖刷在背上。「我們往冰之精靈的方向前進囉。」灰鯨的口吻裡充滿了歡愉，它大聲的對橘頭說。

他們躍過一圈圈在他們面前出現的冰岩，橘頭王子感覺到一股橘色的回憶籠罩著他和灰鯨。於是他單薄，只著一件紅色內褲的身體不會因爲寒冷的北極地帶而無法忍受，他始終保持一定的溫度和希望。他迫切想要帶回粉紅晶塊。最後，他們在白雪皚皚的極地裡握住了粉紅晶塊傳奇性的回憶能量，許多愛的回憶貫穿了他、灰鯨、父親、母親以及他所愛的綠色之島。

許多年以後，當老去的橘頭王子握住那顆已經失去能量的粉紅晶塊時，與灰鯨一同嬉遊於海上、一同爲希望奔赴的畫面總會一再的浮起他的心頭，不論橘色或冰藍，不論溫暖或冰冷，過往那些眾多的回憶，在在都令他感覺，生命雖然充滿悲喜，卻也無比豐盈。

我的雪人

文／巴西鐵樹　圖／吳司璿

老是夢見一個小雪人和我一起乘坐旋轉木馬。

雪崩在我的四週發生，聲音暴躁如一群瘋狂的野牛，下一刻就要末日似的。

但奇怪的是，我並不感到驚慌，我站在這世界最寂靜的一點。

旋轉木馬，轉呀轉，兒歌響起唷，叮叮噹噹，雪花紛紛落下，彷彿變成了紫蘿蘭、紅玫瑰的花瓣自天空飄下來，兒歌像舔著棒棒糖的舌頭，舔在我小臉蛋。

旋轉木馬，轉呀轉呀。

我的小雪人又來了。他戴了一頂橘色條紋的毛線帽，幾朵雪花攀在帽緣，像盪秋千的精靈。

「依呀，依呀！」小雪人大聲歡呼，逕自跳上旋轉木馬，同時對我招手。「來，來玩！」他的歡呼又引起週遭一陣雪崩，但他完全不在乎。

他再度向我招手：「來呀，好玩好玩！」小雪人的黑眼珠閃閃發亮。

我經不起他的慫恿，跳上旋轉木馬。突然，有一群小朋友，跟著我跳上旋轉木馬，他們跟小雪人一樣，好興奮。

轉呀轉。小雪人帶頭唱兒歌，兒歌清脆響亮，又把週遭山頂的白雪彈落一些。

我們都樂昏了。時間一分一秒的消逝。

我突然發現，小雪人的歡呼聲愈來愈小了。我低頭瞧見旋轉木馬的底座，原來是一座鐘面。我們旋轉，鐘的指針就跟著我們旋轉，我們越是忘我地歡笑，時針和秒針就旋轉得越快。

而小雪人呢？隨著隱隱約約的滴答聲，他悄悄的縮小。應該說，他被熱呼呼的歡笑，一點一點地融化了。

最後，他在旋轉木馬上消失了。連其他的小朋友也一起跟著消失。我大叫：「雪人，雪人，雪人！」

我的雪人不見了。

就在雪人消失的一瞬間，我驚醒。感覺額頭還有幾片雪花，冷涼的、寂寞的小雪花唷。

我呼喚雪人。雪人不見了。

我繼續生活，從童年往少年茁壯，雪人還是不時在我的夢中出現，和我一同坐旋轉木馬。小雪人跟我一樣也是由孩童慢慢變成少年，每一次出現，雪人總是和以前一樣快樂。

「你爲何老是出現在我夢中？我的小雪人。」

「依呀，依呀！」他向我扮了個鬼臉，又催促著他的木馬前進。木馬往前跑，底座的鐘面跟著旋轉。

我差一點就被甩到時間之外。

我趕緊抓住木馬的柱子，突然低頭，這次我注意到鐘面上的指針指向的不是數字，而是各種不同的圖案。

譬如十二點的位置是一座崇山峻嶺，凌晨一點是幾顆鵝卵石，一點十三分是一頭北極熊，十四分是一片草原，而在十三和十四分之間我又看到一冊里爾克詩集、一朵蕃紅花、一聲翠綠的哨子……密密麻麻的圖案，在三點以前的圖案，我大多確定是看過的，它們曾經在我的生命中顯示某種意義，或許無意義，卻眞實存在過。

旋轉木馬，轉呀轉呀，又把鐘面上的圖案轉糊了。

雪人又不見了。

雪人出現在夢中的次數似乎愈來愈少。他每次融化的速度更快，我懷疑是旋轉木馬加速的關係吧？

偶爾，我赫然發現他出現時，呈透明狀，像隨時會飛走的透明的精靈。

每天我在太陽下行走、生活、戀愛和工作，像旋轉木馬。

我的雪人不見了嗎？

雪人在我的髮上，雪人在我的麵包、鐘點、呼吸裡，雪人在我的紅指甲油、蔬菜水果沙拉盤，雪人躺在彩霞、藏在齒縫，雪人在煉金術和自助餐之間——

我的雪人不見了嗎？

喜馬拉雅似的時間，彷彿頃刻就在我的髮上雪崩。我的童年被沖刷走啦？

後來，我再也沒有夢見雪人，只有旋轉木馬，在夢中轉呀轉。

十八歲以後，夢中沒有雪人。

但是，現實的生活裡碰到愈來愈多的雪人，他們被迫坐上旋轉木馬，而且不愛笑。沒有歡笑可以融解現實裡的雪人，所以，他們的存在愈來愈巨大。

夢中那個最愛「依呀，依呀！」歡呼的小雪人到哪裡去？

想必被時光帶到遙遠的地方了。

那裡一定有孩童和薔薇。

clay pipe in his mouth, and he talked. H
tting the horse shod and a new hub on
e talked reminiscently of his father telli
they at the Corn Suppers – he pr
were now dying out as the far
more for grazing. 'End of har
,' he said, 'eating, dancing,
He laughed. 'I was at a co
r – By! lad, the things tha
o one after he married. Sh
'Tis bad en
the mornin' cr
a week. Oh, sh
she is.'
, she said nothing u
the big strong beast he
hefty he was. Took th
ered at him. . . .'
table, Hannah c
to hear about
ell, I don't
But it's g
he went o
direction of the
to whom he w
mber. Big
a job.
Fun
y! but

妖獸！都市

文／三之火
圖／吳嘉鴻

從來沒遇見過這樣的一個人，他說他是千年樹妖，可以變換很多種型態出現在人類面前。

他現在這個樣子，也是在見到我之後，馬上決定的。

那是一個可愛的樹筒，直徑大概有一個卡車車輪般大，他的聽覺器官更滑稽了，是兩塊粗粗的木頭，也沒有耳洞，不知道他是怎麼去聽聲音的。

他還有一支尾巴，爲甚麼說是支呢，因爲那是一個三角菱形的木頭。

總之，這個樹妖全身上下都是木頭，而且很堅固，絲毫沒有蛀蟲，也沒有被風雨吹打之後的裂痕。從他身上的樹紋看不出他的實際年齡，也不能從牙齒分辨出來，因爲他是「拉鍊嘴」！

哈哈！很好笑吧，這樣一個妖怪，常常會出現在我家門前，拄著一把有吊燈的枴杖，穿著一雙倒鉤的黑色長靴，完全不知道自己要幹甚麼。

我不是在講童話故事喔，這是我眞正碰到過的事，是眞實存在的一個妖怪的故事。我把他說出來，是因爲他要我告訴大家說，他很可怕，可怕極了。

我覺得他或許可以變成另外一種更可怕的形貌，比如說大便塗在臉上、鼻子變成烤玉米棒、腦袋結顆榴蓮、手臂變成蚯蚓的身體等等，比較令人無法想像得到的

噁心模樣。

又比如說，他可以有阿扁的髮型、秀蓮副總理的大嘴巴、秘書小鹹的瞇瞇眼、還有阿伯可怕的微笑，有了這些，然後再淋上大量瀝青或者在臉上挖一個窟窿，這樣一來肯定連老蔣也被他再嚇死一次！

且不管他僞裝可怕成功與否，先來幫他選擇哪一條路是他要走的。不過，很明顯的，前方地上正貼有一個紅色指標，那是誰放的啊？也許是插畫家本人吧，不清楚，不過既然有指標，那就帶他走前面這條路吧。

（筆者按：這是一條通往領稿費的路！）

樹妖和我走到路的盡頭才找到這間房子。

這是一間冷氣開得很大，幾乎可以把人冰凍起來的房間。

比安徒生童話故事裡三隻大狗守護寶藏的房間還要冷，而且更大，彷彿那不是房間，而是擁有很多不同房間的巨型魔術方塊，每轉一面就會出現一道門，而且房門的顏色各異，形狀也不同。

屋內漆黑一片，簡直比地獄還要黑暗。

樹妖他把笨重的樹筒變不見了，出現在我面前的一個身材呈三角形的東西。

怎麼說好呢，因爲這個樣子，他更不像妖怪了。他還可以媲美Kitty貓或史奴比呢。他簡直是個可愛的、毫無殺傷力的、甚至能夠逗孩子開心的玩偶。

他小小的觸角終於露出來了，還有他打開拉鍊嘴吃東西的蠢樣，我眞想對他吐一把口水，罵他髒話，踢他一腳。

甚麼妖怪嘛，這麼遜，還要出來嚇人。

樹妖他不說話，拉開嘴巴吃了幾根鐵釘，然後他拿出火柴點燃屋內桌子上的唯一的一根蠟燭。

其實點不點也沒關係，反正黑暗也不能對我造成恐懼，可能是我平常在黑夜裡尋找寫作靈感所致。

屋內有了微光，可是亮度仍然有限，只能照到他自己，而我完全被他的身影給遮住了。

我看見桌子上有一把銅製的Key，這把Key沒有比其他的Key特別，也不像遺落在童年的那把；和樹妖的手比起來，這把Key要大得多，如一把鐵鎚。

剎那間，樹妖抓起這把鑰匙在自己頭上大力刮過，我聽到咯咯咯東西被割開的

聲音，在他光溜溜的頭頂馬上現出了一條魚骨般的傷痕。

我關切地問他痛不痛？樹妖他根本不理我，然後又再度吞他的鐵條和桌上的金屬餐具，好像餓了很久很久，終於找到東西吃的樣子。

我想，城市的妖怪怎都這樣，不去嚇嚇孩子做做壞事鬧場打人，反而是帶著我這個靈感枯竭的寫作者到處鬼混，又不說話，無趣極了。

（筆者這時突覺口渴，出去買了罐裝可樂來喝，站在宿舍走廊上想著情節發展。）

故事每次到了快要結束都會急轉直下，又或者才剛要高潮迭起，不管怎麼樣，這次我要將它變得更加無聊無聊無聊無聊無聊！

就像現在第三張插圖裡拿著Key，臉部焦躁無助的我。

我被樹妖吃下去了！

夠老套的情節吧，然而我是真的被他吃了進去，成了他背後的傀儡。

他真的是可怕的妖怪，當我被他整個吞進去時，我才領悟到之前我對他的評估是大錯特錯的。

原來，他吃的鐵條是要用來磨碎我的骨頭、肉塊的工具，他說他本來不想吃我的，是因爲我顯得一臉不尊重他的樣子，而且不斷嘲笑他沒有當妖怪的本事。

他很厭惡別人懷疑他的能力。

他盡量表現友善，是爲了和人類交往溝通，向他們學習妖怪不懂得的東西。

可是他發覺人類太驕傲了，他說，所以決定吃掉我；讓我成爲他的一部份，讓我也感受他的感受，讓我擁有部份妖怪的血肉去反芻人類的七情六慾以及人類的邪惡。

樹妖他合起拉鍊嘴，拿出Key四處張望，找著正確的門去開啓，一副得意樣子。

我可慘了，我還在想辦法逃出去呢，哪有時間去猜測手上的Key可以開啓哪扇門。我才不玩這遊戲。

就在這個時候，電腦當機了，資料逸失，永遠也找不到這份打了兩個小時的文件檔案。

於是，我就和樹妖困在無數鐵門、無盡轉角的圖畫和亂七八糟、毫無意義的文字裡。

（鑰匙，我還留著，有時也忘了帶，放在房間裡。）

惡童鬼子

文／陳意華
圖／吳司璿

我深信那絕對不只是一場夢，一場幾乎要了我性命的夢。

當一個人對某件事物痴迷戀慕到無法自拔時，是否眞會走進那虛無、自以爲是的迷幻中，甚至幻想自己是某某的化身？不是我喜歡危言聳聽，淨說些模糊奇怪的論調，而是我曾經親身經歷過一件荒誕的事件讓我產生了這樣的質疑，眞的，絕不是故意誆你，現在，只要我想起整個事件的經過還眞有點毛骨悚然啊！

當時我還只是個孩子，我的父母因工作過於忙碌而疏於陪伴我，爲了補償對我的愧疚，他們特地爲我建造一座玩偶王國，我向來沉默寡言，玩偶王國正符合我孤僻的個性，我花了所有時間沉溺在玩偶王國的世界，無論吃喝玩樂都在這裡度過；我收集了世界各國的玩偶，種類多達數百種，而且每個玩偶都有自己的名字、家庭、興趣、個性，和一個個屬於它們的故事，我所編織的故事。

那天夜裡月黑風高，外頭強烈駭人的呼嘯聲把我從睡夢中喚醒，起身後我被異樣的感覺帶著走，亦步亦趨地走到玩具屋門外，突然乍現的紫色光影從門縫中流洩而出，接著，裡頭發出「叩叩叩」的奇怪聲音，我好奇的開門走進。

玩具屋裡漆黑無比，唯有黯淡的月光從窗戶外頭掃進，我發怔著，因爲這個我極爲熟悉的房間突然變得好陌生，彷彿正醞釀著某種怪異詭譎的氛圍，有某種和我一樣是活的生物置身其中，但卻又默不出聲。

我開始了漫長的等待，像是守株待兔般安靜窺伺著，時間停滯不再移動，我在這詭異氣氛中不知等了多久，巨大聲響驚醒了鬆懈的我，於是，我衝出去櫃子外，鬼魅般的紫色光影，迅速消失於無形，我看到我最喜歡的惡童鬼子，正扯斷機器鳥齊齊的脖子，要了他的性命。這個景象把我嚇呆了，我望著活生生的惡童鬼子發呆數分鐘。突然他回頭看著我，對著我發笑，然後一步步往我的方向走來，越來越逼近，可是，我卻動彈不得…

等我醒來時，我想這只不過是場惡夢，一場過於耽溺於玩偶世界所帶來的夢境罷了，然而，事實卻不然，因爲一場驚心動魄的旅程現在才開始。

「我怎麼在籠子裡？」我在驚訝錯愕中呼喊求救，儘管耗盡所有的力氣，仍沒有人答覆。

「這是哪兒？怎麼回事？」努力回想整個事件的始末「看到活生生的鬼子後就不省人事了…」

疲憊不堪的我陷入前所未有的孤寂與無助，雖說我早已體會人在這世上是孤獨寂寞的，但像現在的處境，所有的自由完全被剝奪的恐懼感才眞正開始，想到這兒，當時那莫名的無助感仍縈繞不去。

爲打發無端來襲的恐懼，我想找點事做，「滴！答！滴！答！咕咕！咕咕！」「凌晨三點了，哇～好大的鐘！」斜對面的牆上掛著古典雅緻的鐘，整點一到知更鳥立即跳出來報時，這巨大時鐘和我玩具屋的鐘簡直一模一樣。我再仔細觀察這房間的四周，發現正前方有一面長橢圓型的英式古鏡，古鏡的邊緣雕刻著精緻的花紋，這和我母親極爲鍾愛的英式古鏡極爲類似，家中所有鏡子都是仿此種古鏡特地訂作，當然我的玩具屋中也少不了此種古鏡，我突然覺得這裡的擺設極爲眼熟，似乎是玩偶王國的一角。我望著古鏡禁不住好奇地往上一跳，撇見鏡中鋸齒尖牙的惡童正咧嘴盯著我，但我卻不見惡童的蹤跡，恐懼和疑惑襲上心頭，漠然不知所措，心中吶喊「可怖的惡魔快快離我而去！」

最深的恐懼是，你看不到自己，你不知道自己是誰？這樣的無知致使焦慮降

臨，讓你亂了方寸，無法應對。「這是我嗎？怎麼回事？我的手？」金屬冰涼的臉頰，咧開鋸齒無法閉合的嘴，空洞無神的眼睛，瘦骨如柴的小手，「惡童鬼子。」我是我，不是惡童，我的頭腦清晰，這絕非眞實，我對自己說；可是眼前這活生生的我，竟然變成鬼子的模樣，關在鳥籠裡。

我彷佛衰朽的老人，漠然、頹廢坐臥鳥籠之中。

「是你，殘酷可惡的惡童。」幽怨的聲音從身後傳來。

「你殘忍扯斷我手無縛雞之力的寶寶。」是齊齊的母親齊拉。

「我不是惡童！」齊拉睥睨的揪著我的脖子。

「惡童，你無囂張的機會了，落入我的手中，絕對逃不掉。」

「齊拉，我是你的主人，不是惡童！」我像是找到救星，哀求地說明，但任憑我口沫橫飛解釋這無來由的禍端，齊拉始終是無動於衷，因爲我的外表就是最佳的證明，我是百口莫辯的。她提起了鳥籠，我東倒西歪的匍伏在籠子的地板上，鳥籠放在桌子的另一端，面對著窗戶，最後的一眼，冷凜宛如鋒刃向我射來，我心中一緊，極度的恐懼，我的命運將會如何呢？齊拉嫌惡地離去。隨即我又陷入那寂靜且

無聲息的漫漫黑夜之中。

我神智尚清醒時，我專注地數著時鐘敲了幾下，來計算何時天亮，可是久而久之我的神智逐漸呈現半昏迷狀態，我在半睡半醒的迷糊界線中遊走，這個茫然無知的囚禁之夜，不知又過了多久。

當我神智昏沉時，我被推入窗外，這時已全然清醒。

狂風沙忽地將我捲起，我用盡全力驚狂、尖銳的求救著，但雷霆萬鈞的呼嘯風聲掩蓋了我狂亂的嘶喊，高處墜落的迅速不是我神智所能計算，只是墜落剎那，一陣狂風又再度將我飆起，在風的迷陣之中，意識逐漸迷糊，飄飄然無所似。

當我醒來時已經躺在醫院裡頭了。父親焦躁的眼神，母親嗚咽的哭聲，發現醒來的我時，他們給我一個深情關懷的擁抱。據說我被發現躺在家中大門口，手腳都有極爲嚴重的摔傷，由於傷勢過重，整個暑假我幾乎是與石膏爲伴的。而從那次以後，我就再也沒有走進我的玩偶屋了。

你的心也像黑夜一般舞動著

文／綠島
圖／張曉萍

「你們看啊！前面那條巷子的轉角第三棟房屋裡面住著一個女人，那個女人成天關在屋子裡面，據說是有原因的！大家靠過來慢慢聽我說來。」嬸婆對著外面剛搬來沒多久的鄰居長篇大論的說起來，他們一邊說著，一邊朝著那個方向看去。

那個女人的故事其實在這個村子裡面已經流傳很久了，有時，大家幾乎也見怪不怪了，可是偶爾我下班回來，經過那條巷子的時候，總是會在心裡暗自揣想著那個女人的故事，有時候也會好奇的想要更靠近一點，看看她是不是如傳說中一般那樣神祕難測。

嬸婆是我們這個村子裡的老長輩，要推算她的年齡，應該也有一百好幾了，然而，她實在是我們村子裡的奇葩，甚至應該說是我們家族裡的瑰寶，象徵著家族的福壽雙全，活得久、也活得最像年輕人；她的雙眼不因爲年紀大，依舊炯然有神，走起路來也健步如飛，活像個少壯的年輕人。活得久讓她知道村裡發生的，大大小小、點滴不露的小道消息，更厲害的是，每一件消息她都如數家珍般過目不忘，這點功夫令我對嬸婆有一種沛然莫之能擋的敬佩，也因此家裡大大小小一點也不擔心

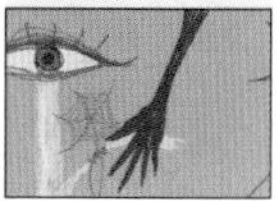

嬸婆會有老年痴呆的問題。於是，村裡的人只要遇見什麼問題，第一個想到的就是嬸婆。

這一天黃昏，當我走過村裡唯一一座老舊的橋墩，並欣賞著遠方橘紅色餘暉灑下的光輝暈在金黃色的油菜花而陶醉不已時，突然聽到一陣奇怪的聲音。我左右四處查看，這才發現一隻黑貓迅速的從我身邊跑過，嘴裡還叼著一樣東西，閃閃發亮著。仔細一瞧，發現自己手上的珍珠戒指早已不翼而飛。趕忙抬起頭，大聲叫著，「哎呀！別跑啊！死貓。那可是我心愛的珍珠戒指啊！」我朝著貓嚷去，然而，那隻貓彷彿咬到什麼奇異寶貝似，一點也不肯回頭的拚命往前跑，最後它鑽進了一戶住家，就此消失無蹤。

不難猜得到，貓鑽哪去了！正是那女人的家。我在門口止住了腳步，小心翼翼、猶疑不決的探頭往裡頭看。第一眼掃入我眼中的正是那個女人，我瞪大眼睛，驚訝不已的站在門口，天色已經暗下來了，一陣涼風冷颼颼的從肩頭拂過，就這樣，我一動也不動，尷尬的杵在那個當下。

這是我第一次這麼近距離的看到那個女人，所有的疑慮、想像、傳說中的樣子全都在這個瞬間消失。在眼前出現的這個女人、這個屋子裡的擺設全都不在想像世界裡。然而，我的心卻怦怦然的跳動著，一種非常熟悉的感覺圍繞著我。說不上來是什麼，但是，幾乎讓人涼掉了顏面。

「既然來了，就進來吧！」那女人淡然的聲音有一種穿透的力量，直直的勾引著我的內心。

我慢慢的走進房間，忐忑不安的向女人解釋來意。那隻貓則緊緊的挨在女人椅子的一角，一臉無辜狀，看了很是叫人生氣。然而，我終於有機會仔細看看這個房間以及眼前的這個女人了。「戒指給你。」女人溫柔的把戒指從貓的嘴邊拿下，然後移交到我手上，接著她說，「你一定很好奇我這個人，對不對？」我把眼神移到她身上，從她手上接過了戒指，然後回答她，「嗯，總是聽到許多的傳說，但是這樣清楚的直視妳卻是第一次。」

「那麼你想知道我是誰嗎？」她神情極爲平靜，一點也不費力的猜出我想問她的問題。

「想知道，也許只是出自一股好奇心的趨使吧！」我緩緩的放下之前戒備的心

理，對著這個傳說中的女人說話。

「我就是你。」她說。

「我。」雖然驚訝，但是卻沒有反抗，雖然眾多的疑雲在我內心生起，但是同樣也有眾多的疑問在晦澀中漸漸澄清透明。

「是的。」她說。「我是另外一個你，時常在孤獨中尋找的你、在掙扎中漠視的你、在光明中鄙視的你、連作夢也夢到你——」

眾多形象一一成形，黑夜無比清晰的成形，在這個房間裡，我第一次清楚的直視著每一張平常被丟棄的臉孔、糾葛與吶喊。

你只是循著自己的聲音往這裡來，你只是循著對自己的好奇往裡頭看，從來，你都只在門外徘徊，但是，這一次，你終於進得門來。

「這意謂著什麼？」我對著她說。

「不意謂著什麼，只是讓你更清楚你自己罷了。」女人說。

「所有的人都在門外繪聲繪影的傳說著自己的形象，只有你踏進門來，親眼看見自己。」女人對著門外的夜色說，而那個方向許多戶人家燈火通明，十分熱鬧。

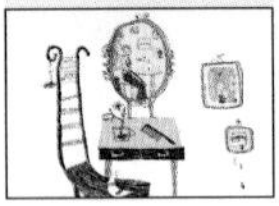

那天晚上，回到家裡，我看見婿婆靠在客廳邊的躺椅睡著了，一家人則興高采烈的圍著電視機討論著連續劇發展的情節。我從旁邊側門快步的蹓進房間裡頭，不想讓人家發現我的蹤跡，然而，我還是聽到母親對著父親說，「這孩子也不曉得跑到哪裡去了，回來也不打聲招呼，就偷偷摸摸的關進房間，實在是……」

「隨在他去吧！孩子已經大了……不必事事都要那麼爲他操心…他自己會有分寸的。」父親說。

半夜在我準備入睡的時候，我的腦海裡不時的出現那個女人的話，「你的心也像黑夜一般舞動著。」我翻身難以入眠，隱約覺得有種特別的氛圍圍繞著，這才發現床前化妝台鏡子裡竟然出現那個女人的影像，她好像說著，「人們心裡都有黑夜一般的心，然而多數總是從他們的門前走過，很少會有人來叩門拜訪…」那個聲音在黑夜裡淡然的飄送著，具有某種穿透力量，讓我久久無法睡去。

記憶向我伸過手來

文／綠島　圖／鄭云

如果記憶是種子的話，那年年增長的歲月便是一點一滴澆長的記憶。生命中領悟的和未領悟的互相消長，總會有那麼一個階段，不再坐視歲月的瀟灑流逝，而是開始倒數歲月，細數過往種種已經可以領悟、了解的生命記憶。

十年前搬離的地方突然在剛剛的電視新聞中倏忽一現，我的心頭一震，許久不曾出現的記憶竟像新聞中的火舌，猛烈地從瞳眸中一吐而出。年少時期寄住的樓房著火了，嚴格的說，是巷弄上緊緊排在一起的房子、稀少的人煙幾乎付之一炬了。主播高亢的聲音直切而入我的腦海中，火從電視螢幕直接延燒進腦子裡，空曠一片，記憶大把大把的在火海中燃成單薄的紙身，殘骸、傾倒、迸裂，窗台前張望的人、巷弄中穿梭來去的小販、生苔的壁牆、童年的憨傻、歡笑，像褪怯而去的潮水，留下大半海藻、殼類散落的貧瘠沙灘，至於在風中、潮水中隱約可聞見的，是記憶，剩餘的味道。

二十多年前，我寄住在大阿姨的親戚家裡，那一帶多是種田、捕魚的人家，除了向外兜售自己的農作以及漁獲外，鄰里間也會相互交換收成，以補足自己家裡缺

少的菜色。對於當時從外地來此尋找工廠基地的工商人士而言，老舊是這個地帶一個記憶的象徵，鄙陋的街道、窄巷，破舊的樓房、腐朽的木梯，這些種種對他們而言是極爲不便、落後，但對童年時期的我而言卻是彌足珍貴的記憶，即使在泥濘裡也有泥濘裡的玩法及情感存在。

然而，當我尋著記憶的街道再次回溯過往一切時，種種疼痛的夢境竟一個個接踵而出，使勁拉扯我的思緒，企圖錯綜自己對童年的單純嚮往。

這一天，當我從螢幕的熊熊烈火中清醒，並緊急打電話尋找舊識是否存活的消息時，電話那方全然無聲，我的耳膜裡空盪著一種與寂靜廝殺的冷冽，大半的記憶開始在腦海裡發酵。

是那年離開舊地的心情重新來到眼前。當時正是秋天結束，冬天初起的氣候，蕭條的景緻、冰涼的空氣、晦澀的心情同時交錯在心頭。我只記得那女孩如粉色的臉頰不再殷紅如桃，她咬著不甘的薄唇，重覆拭去臉上氾濫成災的淚水，那曾經飽滿稚嫩的唇色頓時像失血、不再彈跳的鮮魚，失去鮮度與甜美的雙重滋味與想像。

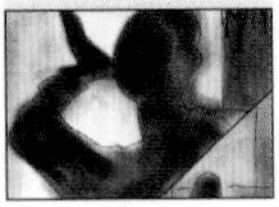

冬起秋收的味道濃濃的夾雜在我對她的愛憐裡，然而，當時我所能做的只能是盯著她把眼前的食物嚥下，別再用絕食抗議情愛的無常。這脆弱的身軀蒙昧於愛情之外，像柳樹，沒有骨子，令人感到無奈與生氣。然而，她最後還是走了，讓我不解的是，她需要用這種方法來實踐、貫徹愛的意志嗎？

那條我們常常走過的小徑，自從她走後，每回經過那裡，便會令我憶起她瞳眸中純眞的色彩，一閃於叢叢冷森的林子裡。然而也同時在她走後，那個林子開始荒廢凋零，少有人從那邊經過，多半地方上的人每逢經過那裡，總是感到莫名的冷意，於是鄰里間口耳相傳，說是在那裡聽見了什麼，最後沒人再敢從那邊經過。記憶裡，在還沒離開那個地方時，我所有的空寂無聊全在那個林子的窸窸窣語下得到慰藉。隔年冬天，我離開大阿姨的親戚家，到大台北謀生，行前，來到林子，重新走過那條小徑，彷彿感覺到她拉住了我，在我耳邊細細作語。冬天的黃昏，粉紅的像她透明紅潤的肌膚，炊煙的味道融在鼻腔中，至今隱約可以聞見。

回憶像什麼，電話那一頭，載滿的是飄在空氣中的聲音、是林子的細語、是小

販來去叫賣的聲音、是秋天與冬天的冷冽，是一叢又一叢長滿了，卻未曾修飾的記憶，那上面有我和同伴玩耍時的鬼臉、有我們作勢嚇人的尖叫聲、有斑駁、灰色、小塊深陷的泥濘腳印，有我愛戀女孩粉紅的天空、更有夏天狂妄跑遍農作；冬天群聚俯望漁夫收成的，放聲呼喊、叫囂的聲音。

我截斷電話那一頭，重重的記憶。所有伸長的枝幹迅即消失，從腦海深處遁去。戛然而止的一切，無聲快速的退縮而去，只剩下電視畫面不斷閃動的螢幕光彩。

禮物

文／糊塗塌客　圖／鄭云

「根本不可能，這種鳥不生蛋的地方，哪裡會有什麼人跡？」

他抹去額頭上不由自主、大顆大顆留下的汗珠，但才剛抹去，新的汗水又生了出來。

要不是無意間翻出閣樓上祖父留下的日記，打死他也絕不相信，這片黃沙下面會藏著些什麼秘密。

他只知道當初祖父因爲第二次的沙漠探險之旅，從此失去蹤跡，而始終對祖父不太認同的爸爸，便一股腦地把所有屬於祖父的東西都扔到了閣樓去。

但他一直都喜歡冒險，沒事就愛拿著小鏟子在院子裡挖來挖去，祖母每回看到他又拿著放大鏡在觀察石頭時，便忍不住嘆起氣來：「終有一天，也是會走的。」

他才知道自己跟祖父是同一國的。

終有一天，他會見到那未曾謀面的祖父，自小，他就這麼一直確定著，但面對著這片漫漫黃沙，他滿滿的信心，突然崩潰了。

你這老傢伙，自己昏頭也就算了，還要跨越時空來騙你的孫子作啥?

他忍不住喊了出來，只是話才剛說出口，就被一陣狂風給淹沒了，風吹過後，他突然看到了那個東西。

他顫抖著雙手攤開祖父的日記，裡面清清楚楚寫著：「狂風過後，我看到黑色的沙漠出現在眼前……」

面對一片黑色沙漠的他，無聲地笑了起來。

無法判定自己是怎麼來的，只是一踏進黑色的沙漠地帶後，一切便像是乘坐溜滑梯一般，快速進入了另一個世界。直到雙腳實實在在地踩在這座建築物的地面時，他才突然回過神來，自己，究竟在哪裡呢？窗外還有斜斜照進的太陽光，這裡，不是沙漠底層麼？一切都來得太快，快得讓他無暇思考自己進來的邏輯是否正確。

「嘿，有人嗎？這裡有人嗎？」他怯怯地喊了聲，畢竟自己胡亂闖入別人的房子，總不是什麼太禮貌的舉止。

突然害怕了起來，難道自己會在這裡碰到祖父嗎？與一個從未見面，關係卻又親近異常的人，竟要在這樣的狀況下見面嗎？

「是誰？」一個年輕男人的聲音傳了過來。

他鬆了口氣，祖父若還在人世，早就已經七十多歲，怎可能有那麼年輕的聲

音？於是他笑了起來，爲自己的庸人自擾，也爲自己竟能碰到年齡相仿的其他人，感到寬心了些。但寬心不到幾秒，一見到發聲男子的面容，他不自覺地倒抽了一口氣。

「天啊！我不是遇到鬼，就是八成已經上天堂了。」面前這個男子，分明是失蹤時祖父的模樣。

男子也吃了一驚，「這個人，怎麼長得跟我如此相像。」

祖母很喜歡摸著自己的臉，一邊愛惜地說，「長得跟你祖父眞像，眞是像。」

兩人就這樣靜默了數秒，直到他打破沈默，「你該不會是小沈吧？」小沈是祖父的混名，聽說他的朋友都這麼稱呼他。

男子也開口，「那你，是小沈的兒子嗎？」

眞是昏了頭了，今年才七十多歲的祖父，連自己兒子的年紀都記不起來了嗎？

「是孫子。」他老實地說。

「那麼，我們倒是同輩呢！」他懷疑是自己祖父的男人這麼說道。

「小沈爲了等待外界其他人到這裡來，閒極無聊，才自行研發分裂生殖技術創造

出我的，沒想到卻過了四十幾年都不見人來，你算是第一個外人。」

他聽得如夢似幻，便央求男子帶著去見小沈，「你還不懂嗎？」男子說，「我就是小沈，也是小沈的孫子。即使你見到小沈，也跟見到我是完全一樣的，他的智慧、記憶以及所有一切，我都有，所以，我是你的兄長，也是你的祖父。」

突然間，一片天搖地動，所有宮殿便倏地直往上升去，衝出了沙漠表層，然後，他看見原本黃沙滾滾的沙漠，長出了綠樹綠草，樹下還有一彎溪流潺潺流過。

怎麼回事？

「小沈當初設了一個開關，要我們見到外人就按下去，只是會有這般景色，倒也實在出乎我意料之外。」

原來，在那麼多年的失蹤過程中，祖父唯一想著的，還是家人，他彷彿看到四十幾年前的小沈，笑著，想著，屆時可以送給自己妻兒這樣驚人的禮物，沒料到竟是他這個根本不在想念名單之列的孫子，跨過時空白白賺了個便宜。

死亡之海

文／笙可波
圖／鄭云

1

我始終可以聞到妳的味道，甜甜的、酸酸的，四溢而出的女人氣息蒸騰蔓延於我血脈胸臆之間。我無法忘情妳堅實細緻的肌理、冰雪凝脂的容顏。今夜，我在夜裡伏案工作，又那麼不經意的想起了妳，想起妳纖細的手指滑過我的臂膀；想起每個夜晚，我們卸下繁瑣惱人的俗事，終於有機會讓外面的，屬於夜晚的清涼飄散進來，然後我們褪去彼此身上的一切，交融在一起。夜無比深沉、靜謐。

有人告訴我，妳不會回來了。夜裡，我聽到鐘聲滴滴答答的響著。卻感覺妳像往常一樣，伏在我的身上。月色照著妳，妳臉色白晰透明，彷彿手和身體都可以輕易的穿過。我是愛妳的，妳知道嗎？深深穿越生命的愛。然而，爲什麼，當我們擁有著這麼多美好的一切時，卻會有人想破壞它？卻有人這麼輕易的破壞了它？爲什麼？

海水，幽幽的穿過我。我的髮絲、我的衣服，越沈越深了。所有的一切都溼透了，浸透我的耳、鼻、眼。我無法呼吸了，不再能夠呼吸了。

2

「亞當，不要這樣，不要這樣，不要把我關在裡面，我會害怕，放我出來，放我出來啊。」任憑我如何的叫喊、捶打，箱子還是慢慢的往下沈，往下，不斷的，墜落。意識是從完全停止呼吸時，慢慢開始的。我掙出箱子，浮上海面，披著溼長的細髮走上岸，水滴延著衣角不斷的落下。我恨，恨世界與我分離了。

延著黑夜的街道往前走，孤冷的街燈，在夜裡跳躍閃爍著。要往哪裡走。沒有靈魂的軀殼哪有自由可言。「還我命來，還我命來。」我淒厲的嘶喊著，赫然走在熟悉的窗前盯視著他。

3

「那個男人已經停止呼吸了。命案現場，沒有看到任何的凶器及血跡。」村野嚴肅的陳述命案發生的現況。

「另外，剛剛在後面庭院的土裡也挖出了一具男性屍體。那個屍體的死狀實在十分恐怖，才一挖開土壤，整個腥酸腐臭的味道就發散出來，簡直是噁心的要命。看來，這個兇手實在是殘酷極了。」文忠皺緊眉頭。

「這其中一定發生了什麼，也許還會有第二個命案現場？」一群人圍在旁邊，一邊觀望，一邊嘰嘰喳喳的互相猜測著。

「是不是還另外有死者？」現場被封鎖，我遠遠的看著，然後慢慢的走離開那裡。水依然從我的衣角滴落下來。我想起你強壯溫暖的手，第一次平緩溫柔的貼在我的臉龐上；我想起當時臉上微微沾上的紅暈。

「再見了，這一切。」我沒入海底，身體、臉龐、記憶、所有的愛恨嗔痴。全部的沈了下去。

發現最後一具屍體了，一位警員匆匆的從海灘跑向警局，一群村民圍著一具女性屍體竊竊的私語著。

「哎呀，好可怕啊。竟然活活的把她關進箱子裡，然後丟進海裡。」

「天啊，根本沒辦法辨視了，整個身體不是浮腫起來，就是被小魚吃得差不多了。」

「哎呀，還有發現另外一具屍體。」一群人向著外面喊去，越來越多的人圍過來，越來越多的人靠了近來。

聲音細細雜雜的，在海潮的起伏聲中斷續的被聽見。

給旅途中的阿薩

文／阿嬤

圖／吳嘉鴻

親愛的阿薩：

我喜歡偷偷把你旅行過的地點，寫在筆記上，並且標註返家和起程的日期。地點和地點、日期與日期，這中間的空白，就容我去想像了。你無法干涉我愛你、想你的意志。

每隔一段時間，尤其孤獨時，我就會整理筆記，在地圖上以圖釘標出你旅行過的城市和國度，唉，我對你的愛像圖釘，狠狠被自己釘在心版上。

然後，我將點與點連線。

就爲了讓你看，我對你的愛有多曲折、多綿長。

阿薩，有一陣子我好喜歡寫關於旅行的詩，沒有去過的地方，我可以用想像去旅行。或許寫得太多，我漸漸搞不清楚，哪些地方是我眞正去過的，哪些又屬於純粹幻想。

我把眞實和虛擬給搞混了！當我興沖沖地與友人談論某個遙遠的都市，甚至談到某些街弄的某間咖啡香氾濫的店，談著談著，我突然明白，那個都市我從未去過，一切都是虛構的。我突然有扯謊的罪惡感，但絕非故意。

但是，我爲何可以將虛構的旅行說得如此深動、如此歷歷在目？或許是我曾經聽到某個人的談論，或許我曾在某本書和旅遊雜誌上讀過。總之，阿薩，我已經被自己、被時間和空間搞混了。

我很擔心，這是一種精神疾病。我看過醫生，可是，沒有醫生認爲我的精神或生理有疾病。他們要我多休息，要我把精力集中在工作上，或者創作上，如此就能大幅減輕這類「幻覺」。

他們認爲，眞正的原因恐怕是我日有所思、夜有所夢，再加上生理的疲憊，以致於眞實與夢境之間的「介面」崩潰了，因此才有這種虛實不分的狀況。

可是，親愛的阿薩，對於醫生的解釋我半信半疑，其實，這種搞混的狀態，並沒有帶給我生活上的不便，相反的，這狀況讓我非常高興，當我敘述的時候，彷彿眞得重遊舊地，或做了一次精神上的長途旅行。

何況，我也只有針對旅行這件事，才會出現這種虛實不分的情況，此外，日常

生活與工作，我是完全現實和清晰的。

是的，只有針對旅行這件事，我才會有虛實不分的情況。請相信我，我對你說過的話、我對妳全然的愛都是眞實的。

我對旅行的虛實混淆，可能糝雜著我對你的愛，才造成心志的魅惑吧？

至於我寫給你的那些詩——關於旅行中對妳的思念，那些思念是眞實而誠摯的，至於場景，我殷切地希望你不要過於計較——雖然迄今我仍認爲那些場景眞實不虛。總之，思念是千眞萬確的，請相信，這世界上只有眞愛，是扯不了謊的。

我時常於精神上做長途的旅行，因爲時空的間隔，讓我更加珍惜與你相聚的短暫時刻。

我之前說，我常偷偷地把妳的旅行地點記下來，我從不過問一個點到另一個點之間，你經歷了什麼？那是屬於你的祕密，就好比我如此深愛著你，也是我的祕密，我私自把你去過的每一處城市和國度的名稱連線，點和點之間的空白，我自由地想像，想像你在某個城市的街道彳亍，或踽踽獨行，而心中想的全是我。你不要笑我這種阿Q式的自我滿足、自我慰藉，對我來說，只要有意義，就象徵著眞實存

在。

阿薩，寫這封信給你，你可能已在另一個國度，或者正在飛行、渡海、驅車的途中，可能你永遠不會再回到這封信上的住址，總之，你將收不到這封信。

但我還是要將這封信寄出，這是最後一封信了，我現已在旅途上，這次我眞得要到很遠很遠的地方，我確定我要去的地方，在我的筆記中找不到——我的筆記寫滿了你去過的城市和國家。我要到一個你沒有去過的地方。很奇怪吧？我覺得這樣反而離你最近。

或許你會懷疑，這恐怕又是我的幻想，又只是精神上去旅行？或許吧？但是，相較於我愛你，虛擬與實境已不重要。

阿蠣

2000/8/18 深夜

房子裡的旅行

文／大丸
圖／張曉萍

【房子裡的旅行】之一

今天的天空是非常憂鬱的紫色。

出門的時候，順手拎了小花傘，穿上新買的洋裝，卻一點也笑不出來。莫莫離開的第七天，她還是一如往常的，準備出門去讓陽光曬一曬。

好久以前，莫莫會在下雨天的時候撐著一把大傘，黑色的，來敲她的門。他總是說：「我的身體裡都泛了霉了。」抱住她，撫摸著她一頭捲捲的長髮，用力按向自己的胸膛：「你聽，是不是有雨水一點一點滴下來的聲音？」

她記得，莫莫第一次在福隆海水浴場外頭吻她。那天早上本來是好天氣，陽光讓路邊一叢叢咸豐草的白花都敷了金箔，他們開了車準備到東北角去看海，下午卻烏雲密佈，狠狠下了一場雨。剛好開車到了福隆，莫莫把車停在海水浴場入口的左邊，輕輕喊了她的名字。那時候看著大片大片的雨水沖刷著玻璃的平原，她怔忡著，根本沒有聽見，微弱的天光透過水的折射，淺淺勾勒著她琉金色皮膚的面龐。喊了幾聲沒有回應，莫莫像是要把她從另一個他不能進入的世界拉回來一樣，伸過右臂攬實了，低頭就覆蓋住她的嘴唇。

就這樣戀愛了。莫莫總愛在傾盆大雨的午後來找她，認真看著，給她一個永生難忘的定義：「你是我的除濕機。所以，下雨的時候，只想看到你。」

然而，愛過的人一個個離開，莫莫也不例外。

此刻，站在門外的街道上，打開了原本用來遮陽的花傘，淡灰色的雲朵密密地排列在天空的腹部。那麼多雨水，順著傘的凹痕滑落，在周圍圈出一片水晶簾攏；她覺得，自己就像繡在手提包上的那尾魚，被困在陌生的沙灘上。每結束一段愛情，她就會變成輾轉著找不到光源的花朵，慢慢的勾下了頭。

【房子裡的旅行】之二

涉過幾條積水的街口，她在早晨的市集中買回了一尾魚。那是一尾在日光燈下閃爍著隱約藍彩的淡水魚。當然，也順手買了個常見的荷葉邊口小缸。

魚很快樂的在水缸裡游動著，鱗片閃閃發亮。她捧起牆角枯萎的盆栽，仔細端詳著那開放了卻沒有什麼生氣的花朵；長久以來，她把盆栽放在陽光不大照的到的地方，偶爾澆點水，居然還會開花，真是叫人意外呢。

窗外還是下著雨，但是天色已經沒有那麼暗了，露出了一些些藍色，看起來和水缸裡好奇地朝外觀看的魚的身體非常相像。有次和莫莫逛水族館，看見有些魚會一直停留在外圍，擺動著尾鰭，眼睛卻好像一直打量著外頭，她問了：「魚會不會渴望天空呢？」莫莫說：「不會的。因爲他是魚，不是鳥。他不知道天空是什麼。」現在想起來，莫莫就像鳥，不知道什麼時候就會張開翅膀，飛向遙遠廣闊的天空。而自己呢，不就像一尾被關在水裡的魚嗎，雖然已經習慣水中生活，卻還是忍不住要去看看波浪外折射進來的、有些變色和扭曲的天空，那該是怎麼樣不同的地方呢，至少，不會有別人的眼睛那麼近的貼著你看……。

但是，魚是不會有翅膀的，那溫馴而強壯的鰓、發光的鱗片、順著水流而張開的鰭……，都是爲了在水中生活而存在的。她想，自己並不是一尾盡責的魚，時常連泅泳的這個世界都還沒有摸清楚，就一心渴望出走。渴望出走，卻又沒有力量去實踐，只能困在小小的思緒裡傷害自己。

回頭，那荷葉水缸裡的魚，還是那麼自在地繞著圈圈呢。

【房子裡的旅行】之三

她決定要先當好一尾魚。

一尾不快樂的魚、一尾連自己原來的生活都還不能適應的魚，是不會長出翅膀的。莫莫太小看她了。她想，我知道天空是什麼，那是一個離人群和愛情很遙遠的、很自由的地方；但是，在飛向天空之前，透明而阻力甚大的水世界，也可以看成是學飛之前的修煉吧。

把手中的盆栽移到窗稜上，決定讓它在往後的日子裡曬曬太陽。然後，她也放了一缸水。脫下了衣服的羈絆，跳進水裡，溫暖的水包圍著身體，突然有種拋開了什麼的快感。旁邊那一缸魚，好像感知了她的輕鬆，而更賣力地吐出一圈圈泡泡，和自己的尾巴追逐著。

心情一放開，房間好像也亮了起來，看起來有點陌生。這才發現，原來牆上的壁紙是浮著淡淡橘色雕花的，以前沒注意，從搬進來開始都以爲是米白的。前任房客也是個細心有想法的女生罷。等一會，要好好地重新拜訪這幢房子，生命的新旅行，就從身邊開始。

出去郊遊

文／木焱

圖／戴惠珠

很久沒有出去郊遊了。一天晚上，小姪女對我說。

我爬爬頭髮，把手上的小說放下，看著她圓圓的眼珠，好可愛。心想：「自從搬來台北，幾乎沒有回去鄉下走走了，連自己也快把稻田、藍天和溪流都忘卻了。」

我是鄉下長大的，從小就以天爲被，地爲床；昆蟲是我的玩伴，風箏是我的飛機。那時坐火車是我最大的心願，仍記得自己不斷在爸媽面前撒嬌，就想要他們帶我去坐火車、吹吹風。

在鄉下，一列長長的火車要走很久很久才會走完。看到火車來的時候，我會第一個跑到離它最近的地方，巴著圍起的籬笆，對急駛過的火車大聲喊叫。這時火車上會有一張張的臉孔朝我瞧，有時我會對著他們喊叫或者揮手。他們聽不到我喊的話，最多猜測我的手勢和嘴型，不過很多人都對著我笑，我當時一定可愛極了。

他們坐著火車要去哪裡呢？要去很遠的地方嗎？帶了多少行李？在火車上他們都做些甚麼？

這些些童年的記憶，我把它說給小姪女聽，她邊聽邊抓住我的手，不斷嚷著還要知道多一點。

怎麼辦呢？小孩子就是充滿好奇心的天使，永遠都想知道她所不知道的。

「好吧！我說。」

姪女的眼睛頓時發亮，叫著：「說啊，說啊，趕快！趕快。」

哈哈，我快制不住這個小孩了，與其說一整天的童年趣事，不如帶她去親身體驗一下。於是，我小聲對她說，這個週末就帶妳去郊遊、坐火車。

姪女高興得幾乎要跳到我背上，她平時挺文靜的，一聽說要郊遊，比誰都還樂。她緊抓著我說：「我要帶狗狗去，還要戴紫色小帽帽和小包包，阿姨妳也要戴帽帽和揹包包喔，我們要穿一樣的，這樣人家才知道我們是一起去郊遊的。」

早上打開台北愛樂電台，聽到輕快的小舞曲，就知道今天是週末了。

對啊，美好的週末就從這時候飛進我們的腦海裡，我和姪女把早上做好的便當盒放進各自的包包內，戴上帽子高高興興出門了。

在火車上，大家不是在睡覺，就是看著手上的書報，沒有人欣賞窗外的景物。我和小姪女選了一個靠窗的座位，一坐下，我就拿出裝好底片的自動照相機，開始朝外面按下快門。小姪女跪坐在座位上，拼命拉著我說這要拍那兒也要拍。

火車在鐵軌上匡噹匡噹地行走，我們倆的心隨著沿路的風景撤到火車後面去。

火車越跑越快，離開城市越來越遠。現在眼前的景物除了稻田還是稻田。

火車穿過隧道出來，是山、是海，還是稻田呢？我和姪女玩著猜一猜的遊戲。結果甚麼都不是，是擦身而過的北上列車。

火車載著一群城市人逃離喧囂，同時又載著一群人逃離貧苦。往返之間，是一些些思念，是我們拍不下來的情懷。

這一天，我和小姪女坐著火車，走了一趟心情之旅。回到家中可就累壞了，我們等不及洗澡，雙雙趴在床上呼呼大睡起來。

「照片沖洗好了」，小姪女看到我從外頭進來，手上提著一包相片，興沖沖地嚷嚷著趨至我身邊。

「等一下」，我提高袋子，好讓她抓不到，接著微笑對她說：「別急，別急，等阿姨把相片裝進相本裡才給妳看喔！妳趕快把功課寫好，晚飯過後，我們在客廳好好的回味這些照片」。

小姪女嗯的一聲，連走帶跳地「閃」進書房。

微亮的客廳裡，有一種安詳的氣氛。我和小姪女是今晚客廳的主人，沒有其他人會進來打擾、打岔我們與美麗相片的秘密約談。

翻開第一頁，一整片青蔥的稻穗排山倒海壓過來，一列飛鳥在上空穿梭，就像

上了線的針替阡陌縫補出遼闊的平原。第二頁是綿延的山巒了，山的後面還是山，青青的，一座又一座，如菜市場賣的綠豆粉粿。

「如果我變成大怪獸，我一定把山吞下去，它們看起來很好吃呢，是不是啊，阿姨。」

我馬上作勢往照片抓了一下，然後迅速送入口中，「山剛剛被我吃了，妳沒有份兒」。小姪女趕忙翻開第三頁，也學我用手在照片上抓了一把，大聲叫出來：「我吃了小河，還有水鳥，妳都沒份兒」。

我們都哈哈大笑起來，就這樣妳一頁我一頁，把其餘照片都「吃」光了。

小姪女偷偷告訴我，她昨天晚上就夢見自己飛出城市，飛在火車上面，飛在山河的上面，和一大群麻雀一起，「它們唧唧叫，我也唧唧叫，一下子就飛過了山，來到一座很大很大的果園。」

「妳也夢見果園了？」我裝作吃驚狀問她。嗯，小姪女答腔。

「如果下一次考試妳進步十分，我們就一起去尋找這座夢中果園。」

小姪女猛點頭。這是我們之間的約定，也是我們和田野、火車之間的約定。

期待下一回的郊遊。

我的身體不見了

文／巴西鐵樹
圖／鄭云

讓大雨和閃電都集中到我的意志裡。

讓六月的天空讀不到人間的一點點動靜。

讓我的身體不再濛濛雨。

讓一切都回到筆尖，讓想書寫者不斷地從文字中品嘗到快樂和憂愁。

讓我專注，將未說完的話繼續說下去。

那是關於我自己。

簡單地說，就是我的身體：不、見、了。

這具軀體曾經讓我感到疲憊、振奮，讓我感到存在、累贅。

我的心靈，寄寓在我的身體裡。

從未仔細想過，當身體不見了，心靈要到哪裡去？如果是死亡，我確定心靈不會再回到同一個軀體。但問題是，我的身體只是「短暫地」消失。

應該說，我的身體可能是到某個地方去旅行了。卻忘了把心靈一塊兒帶走。

在這種情況下，我很擔心、也很迷惑，一旦我的身體回來了，是否我的心靈還有機會再住進我原來的軀體？

我的身體爲何不見了？事實上，應該說：我的身體走失了。

爲何走失？聽我說——事情發生在一瞬間。一隻夜色的貓，從我眼前一閃而逝，我被嚇了一跳，突然整個心靈就飄浮了起來。或許你認爲事情很簡單，就是我被「嚇死」，而我的靈魂出竅了。如果是這樣，照理說我的靈魂回頭看的時候，我的身體應該還僵死在原地才對。

可是，心靈飄浮起來回頭一看，我的身體已經不見了。

我猜，我的身體一定是急著要去找我的心靈，以致，我的身體走失了。

身體一旦沒有了心靈，是很容易迷路的。

反過來說，心靈也很急，它實在不太習慣沒有身體的居所。

曾經心靈在我的身體內定居，飼幾頭羊和一圈豬，冬日繡幾件小毛衣，春天來了就荷鋤於心田播種、到河裡濯足，假日到我的體內看畫展，我將我的身體耕耘成一處綠洲、一處桃花源，我在我的身體裡將愛情釀成葡萄酒，將耳朵收集來的音樂種植成哈蜜瓜，將眼睛拍攝到的風景製成無聲的電影。

心靈習慣於有居所。

當心靈失去了居所，不是可以更自由嗎？不，突然的自由讓心靈害怕。

我的身體到哪裡去了呢？也許被迎接到遙遠的星空，或到一未知而寂寞的曠野。心靈已經無從追問了。

心靈在空中輕撫著大雨和閃電，如撫摸一頭豹。它讓自己完全溼透。當它確定遺失了軀體，而且深知，心靈將從此自由，從此飄泊。

我的心靈露出了微笑，當我的身體不見了。

一個人的生活

文／阿蘭尼　圖／吳司璿

「我現在在想什麼?」我對著前面穿流不息的車潮說。

剛剛送走了凱吉，我的心情突然無比的沈靜，就像眼前看到的月光，輕輕灑在水面上，熠熠生輝的波紋，不驚不慌，活起來很適意。

我告訴他，想一個人生活一段日子。

「是啊，一個人的生活。」晚風吹著我的頭髮。

大部份的時間，我把自己分割出去了，如今，我在找回那些，那些一個個從我體內出走的騷動、跳躍、懶散、狂想甚至純粹。

從台灣離開，輾轉走了幾個國家，終於暫時的在美國停留下來。

「美國有什麼好?一個看起來寬容大度、但骨子裡只圖個人利益的資本主義國家。」凱吉一副不屑的口吻。

凱吉離開了，我的生活開始在暫排的課業中渡過，偶爾我會想起台灣的一切，

那些就像在山上看夜景一樣，距離遠卻晶瑩剔透，只是到了白天，它的亮度自然也會因爲忙碌而銳減。濾清一些爲別人的，爲自己的終於慢慢的浮了上來。然而我知道，人不是只爲自己而活。我帶著小黑慢慢的踱步回家，很久沒有這樣的輕鬆。

從床上爬起來，全身酥軟，昨晚躺在床上看著外面的月光，看著看著，眼皮開始重了起來，不到一會就睡著了。住處，一個月租金二百美元，差強人意，浴室和兩個美國女生共用。從臥室的窗口看出去，秋天的夜裡、早上，都可以清楚的看到種在庭院的樹，那細長的枝幹直直的伸了進來。

「妳在那邊好不好啊，自己小心一點，聽到沒有。」母親打了越洋電話過來，打破了寧靜的早晨。她的聲音還像是我在台灣的家裡，換了一個地方，她的音量沒變、節奏沒變、關心、擔心也一樣，沒有少，也可能是更長。因爲這樣，我心裡的根永遠在那裡滋長，即使這裡有多寂靜，我的心在孤單的時候還是會飛回台灣，那裡包容了我的挫折、傷害。太陽大刺刺的照射下來，我快步的走過一個又一個的階梯。

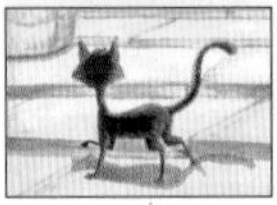

生活過得極爲清幽，很快的一個月、二個月、三個月，一直的過去。

「我想念凱吉。」黃昏的時候，獨自一個人從學校回家，小黑跑得特別的快，已經在前面回頭等我。然而，不知道爲什麼，一股濃厚的思念之情滿溢內心，距離可以產生美感，想想在台灣的時候，他什麼都跟我爭，一直到我決定出來走走，他臉上那種爭勝的神氣、鬥志全然消失。

他是討厭的，也是可愛的。某種力量、抗衡的力量就這麼緊緊的拴住我們，是愛嗎？

「剛剛有一個男人電話找妳喔！」隔壁的Candy說。

Candy是一個獨立且實際的美國女孩，二十歲出頭就已經旅行過許多國家、並且一個人讀書、生活、過活，說到實際，這從每次她借錢給我，一分一毛也不會少討，慢些還，還會擺個臭臉給我看，可以看出端倪。大部份的美國人都這樣吧！重視個人自由，因而可以放下一切，自私、自由，每個國家評量的角度都不同。前些

天夜裡，我在Candy的房間聽她彈一種新創的樂曲，跟著便聊到許多她不爲我知的一面，她墮胎、吸毒過，但是後來又重新換了一個面目，進大學唸書，並且唸得頗有心得。

「有一個男人？是誰啊。凱吉已經二個多月沒跟我聯絡了，我想他大概放棄了。」我心裡想。

但是出人意料，眞的是凱吉，他竟然追到美國來。

「妳什麼時候回台灣？」他坐在我的房內，兩腳高高的放在床上，然後回過頭對我說。

他還是那個懶樣子，我一臉不耐的朝著他的方向快步走去。

夢想の站
FRANCE

一個紅色女生的心情旅行

文／大丸　圖／張曉萍

吃完香草口味麥片的早餐，抹抹嘴，打開手機，才聽到M在手機中的留言。

聽完了，把手機放在茶几上，踢開擋路的貓咪，收拾杯子到廚房，擠了一點洗潔精，用菜瓜布抹著杯子。M的聲音又在腦中重播了一次，「我去舊金山了，你別等我。我是一定要找到她的。」眼淚，忽然就割開了空氣。

杯子洗好，晾在杯架上。還沒乾的水珠順著杯緣，滴滴答答落著。

摸摸昨天才染的頭髮，像蘿拉一樣的紅色，在鏡子裡發出炫目的光亮。本來還想著，今天約M出來吧，「過幾條街，有家新開的咖啡店喔，要不要一起去喝一杯愛爾蘭？」沒有機會問了。即使有觸手可及的這樣一份溫柔，M心理最記掛的，終究是遙遠而曾經錯身的，年輕時候的愛。

蘇偉貞《陪他一段》裡，費敏愛到絕望的時候說「我眞想見李眷佟」。雖然了解那種心情，卻一點都不想看看情敵的模樣。她想著，那個女子怎麼樣，都與我無關，我愛的只是M一個人。

但是，M還是離開了，爲了難圓的夢，可以放棄一切飛到那麼陌生的地方去。因爲愛，所以可以把全部的青春拿去試微渺的運氣。自己呢？一逕安份地工作，不說人是非，一頭長直髮的造型從大學以來都沒有變過，連愛上了一名男子，都這樣

小心翼翼，像捧著瓷燒的秘密，怕一不小心就碰碎了。

「我從來沒有說過愛他……但是他都明白啊。」爲什麼呢，M明白她的心意，總是溫柔地微笑，陪她去逛街、去喝咖啡、晚上上貓空看夜景……從來沒有一句拒絕的話，只有提起那段擦身而去的情感，明熠的眼眸裡會掠過烏雲，然而也是一下子，又重新漾開了笑。她從來沒有想過M會離開。

上個月，M生日的那夜，他喝個爛醉，醒夢之間突然小孩子一般地哭泣了起來，把臉埋在沙發裡：「我眞的好想她啊……」那個無聲無息的影子又介入了他們的生活。心裡一痛，決心要說個明白了。

爲了這個決定，她染了一頭鮮亮紅髮，也剪成了俐落不失嬌媚的樣式，準備讓他大吃一驚。她滿意地籌畫著這樣的告白方式。現在一切都不需要了。窗外雲層很厚，氣象報告說雨季將至。氣溫悶熱著，可以想像天空的溼度。

她放不下那顆懸宕了好久的心。城市的雨季還沒有來，但是她的心裡已經開始泛霉了。

請了一個禮拜的假，關掉手機，電話開答錄，不出門。

她怔怔地躺了一整天，雨季來了，窗玻璃上透明的流蘇讓整個城市和她的心情

都若隱若現。貓咪上回被踹了一腳，怯怯的，躲在門邊用疑惑的眼神窺視著。M已經到了舊金山了吧，那裡是大太陽的好天氣嗎？M最喜歡的就是雨天，總是把臉貼在玻璃上呵氣，胡亂地畫著圖案，說：「妳看，整個台北都融化了，好像冰淇淋一樣。」盛夏的異國街頭，他會拖著海藍色果凍便鞋和可以洗出一缸油污的十二年份復古喇叭，背著大包包，用手擋住灼熱的光，盤算著應該先往那邊去吧。唉，要找人也要計劃一下呀，M就是這樣亂七八糟的。

閉起眼睛，她想，他會知道我這裡是雨季嗎？

以前她最喜歡的就是夏天，穿上舊舊的白T恤和牛仔五分褲，長髮腦後一紮，就可以到海邊去撒野。認識M以後，放假了就乖乖待在家裡，就怕他突然一通電話來：「喂，吃蛋糕去！某某店有新口味哦……」啊，眞是一隻嗜甜的螞蟻呢。M喜歡雨天，她就跟著用好空白的表情看雨水一層一層刷著灰色的世界。

M從來不知道我不愛甜食。她難過地想。連我生日的時候都買了糖果來。

除了M的喜好，有沒有爲自己留下一點空間呢？多久沒有曬太陽？多久沒有去海邊了？她又想，我從來不愛花式咖啡，我只喜歡喝中國茶，磨磨蹭蹭泡好久的那種，比咖啡更久遠的醇味。我和他一點都不相同。

不知道哪裡來的一股力氣，她從床上跳起來。

我也要去旅行。不是台北，不是舊金山，任何地方都好。

這樣想著，她很快收拾了行李，有帽子，衣服，紙筆，雨傘，最喜歡的兩本詩集，和錢包，穿上和頭髮顏色相稱的紅外套。砰一聲把門甩上，被自己的關門聲嚇了一大跳，好像，有什麼不想要的、或難以割捨的東西，被鎖在霉味的房間了。雨難得的停了，天氣還是有點灰灰的。

站在公車站牌旁，她打算著，到東海岸去吧，那裡有迷人的海岸。

低頭看自己一身紅色，這樣，看起來有熱度多了。或許可以更快烘乾心情。

回到台北。

整整一個月，在東海岸讓陽光和海水的香味浸漬。她感覺自己那泛霉的靈魂，變的溫暖，變的敏感，可以去閱讀除了M之外的種種了。原來的工作早就辭掉，也不想對朋友解釋什麼。而M，只寄來了一張舊金山雨景明信片。

重新再開始吧。M正在做自己的愛情跋涉，自己何嘗不是呢？一趟旅行回來，在陌生的土地上，更可以心無旁兀地沉澱生命。

這麼久以來，她終於可以放心地，自己當自己的陽光。

旅行

文／飛刀

圖／吳嘉鴻

時間太舊，連風景都快絕版了
必須用迷路來小心翻閱
翻閱某個假期、某段人生——
我消失，實際上又被緊跟的天空拉住
放逐，只是挪動一顆棋子罷了。
曾經在我的憂傷中刪除一些數字、幾滴淚
將名字浮貼於無形的地圖
遠方啊
黎明剛化完妝，等我跳舞

當氣流摩擦咒語，童話巨人會出現嗎？
此刻我躺在我的額際，俯瞰寂寞的
多色澤的風波，竟彈了夜一臉猩紅的煙蒂
雲是告別呢！手勢卻停留在出發點
是誰耗盡青春旅行？

一個我兌換成另一個我
我揹著座標，下半身是霧中黑岩，上半身
已經前往明天

我總是搭自己的身體回家
感受氣流撕裂的快感。我帶回異鄉人遺贈的
一枚花瓣，以及淺藍的體味回家
然後坐下，這裡是肚臍眼，一個小小的
零。我想
我只是愛旅行……
要讓世界找不到，但也逃不掉

靈魂的咖啡行腳

文／大丸
圖／鄭云

【靈魂的咖啡行腳】之一

從偌大的玻璃窗望出去，恰好可以看見新光三越大樓粉紫色的影子，高於一切之上，卻沒有淩駕的氣勢。我很喜歡有這樣柔和的建築作爲城市的地標，讓人們從辦公大樓中向外凝視時，能有個視野凝聚的中心，卻又不咄咄逼人。

常常，到國外轉了一圈回來，東京的妖冶輝煌、巴黎的藝術質感、紐約匆促的風味，甚至是布拉格藍色街燈映照的潮濕街角、威尼斯悠閒地撐船滑過橋下的夏天午後，我發現最令人眷戀的，還是台北。即使我和大多數台北人一樣，夏季的時候抱怨太熱、雨季的時候抱怨太濕、冬天的時候抱怨太冷、上下班時間抱怨塞車或捷運故障、吃飯的時候抱怨太貴……，但是，若有人問我願不願意離開，我想我還是會很堅定地搖搖頭。

此刻，我坐在城市一隅的咖啡館，照例點了雙份expresso，讓滾燙棕黑的液體熨平起了毛球和皺摺的心情，暫時把工作丟在一邊，透過香片茶色的玻璃窗，好好地端詳台北。咖啡館內佈置很簡單，白色牆壁，深鐵灰地板，綠色長葉盆栽擱在小方桌上頭，桌椅清一色深咖啡，米色的布簾或垂墜或挽起，有種閒適優雅的氣氛，空氣中流漾著淡淡的雙鋼琴演奏聲、人聲和咖啡熱氣竄入半空的微響，大家都靜靜地，只有靠左邊的一對年輕情侶，叫了冰摩卡，正一面打鬧著一面舀那綿軟的奶油堆來吃，是館子裡唯一的動態。

【靈魂的咖啡行腳】之二

波特萊爾有首詩就叫做「windows」，講的是十九世紀的巴黎，城市生活剛剛興起，樓房興建起來了，莊園和院落成了歷史名詞，往往，從自己的這一扇窗望出去，不是別人的屋頂，就是別人的窗戶。詩人說，他喜歡關著的窗，勝過於開著的窗，因爲前者可以讓他有無限遐想的空間，他可以變成一個小說家。

那麼，咖啡就像是我生活裡的窗戶了。

日常的生活中，早起了盥洗完出去，趕著買早餐、趕著搭捷運、趕著打卡，坐在車上的時間都在閉目養神或看報紙，中午休息吃飯聽別人聊八卦或抱怨工作辛酸。只有這樣輕輕下著雨的週末午後，可以找個鬧區之外的咖啡館，冷氣很冷，咖啡很熱，心上橫著一片秋涼的陰影，可以悠閒地回味一些開始發酵的記憶，想一想朋友、親人和理不清頭緒的感情，或是寫寫東西，讀讀買了好久的小說，最好是在擱上一塊乳酪蛋糕，用銀叉子小心翼翼掃下一點點，抹在舌尖，感覺甜位和濃稠的

口感隨著口中的熱氣開始滑動，再補上熱咖啡，整個味覺蜜苦參半，和愛情的滋味一樣，很容易就會感到滿足。

工作時候的我是固定的、緊閉的，喝咖啡的時光裡，我變成敞開的，對自己敞開，也對世界敞開，讓靈魂的房子通通風、晾一晾一個禮拜累積的濕氣，花開的聲音、鳥振翅的蹤跡、露水從屋簷墜落的表情，突然都能夠體會了。

關上窗戶，生活規律支配著我，談不上快樂或悲傷，只是努力維持某些基礎；打開窗戶，咖啡的熱氣氤氳薰的人眼睛都瞇起來了，玻璃外頭是城市婉轉的身段，玻璃上映現著熟悉的臉孔，和自己打了個永恆的照面。

【靈魂的咖啡行腳】之三

喝完了咖啡，蛋糕也融散在記憶裡了，天色近晚，雨滴沿著招牌和屋簷，一不小心就濺得行人滿臉。我收拾了書本紙筆，推開厚重的木框雕花門，迎向下過雨後、被殘餘的夕色一照，略略有些爭騰的悶熱空氣。捷運藍色的車身從頭頂繞過，行人匆匆，櫥窗裡吊著過季拍賣、新裝上櫃的牌子，模特兒衣著光鮮，望著人一逕笑著，那笑容裡是沒有溫度的。

人群是屬於節慶的，我更喜歡一個人漫步的感覺，孤獨而自在，不需要顧及別人的線條，可以用自己的步調與顏色。傍晚了，慢慢地走回家，人漸漸散了，街道上只剩路燈還痴心地守候著時間呢。關上了門，周圍陡然安靜下來，才眞正回到一個屬於自己的空間。在家裡也許不想思考，抱著爆米花看日劇，或打通電話給誰探問季節的消息，或者，就只是想起了什麼，屈膝抱頭哭一場，也不會有人來干涉，更不需要跟任何關注的眼神解釋什麼。

我想起很多年以前，看到曹又方寫的一篇文章，標題就叫做「單身是不需要說抱歉的」，當時很有觸動，那裡頭有與我相類近的心情。

等一會兒，更晚的時候，或許搬出虹吸壺，自己煮一杯淡一些的咖啡，捧在手裡會燙著的，一口一口喝著，足夠讓人頭腦清明，又不至於失眠。

沈荷的費先生

文／沈荷　圖／鄭云

「我說那個人大概不會回來了。」房間裡有一個厚沈老重的聲音隨著空氣向外四溢流出。

「他啊。他把所有的行李擱在房間的一角，然後慢慢的走了出去，身上連個風衣、帽子什麼也沒帶。」外面風聲大作，有幾條雨水延著門窗的裂縫爬了進來，強風把窗戶吹鼓成一個弧狀，眼看費太太的耳膜就要給振破了。

「外面很冷，我看見他低著頭，整個眉頭蹙得像團紙屑，口中喃喃自語，也不曉得說些什麼，感覺像是發生了什麼重大的事情。」站在門邊左右張望的傭人開口說話了。

「那，那妳還看見什麼？或者聽見什麼？他有沒有提到他打算往哪去啊！」坐在斜角木梯的一個男子開口問道。

「我看見他延著一條路往前走，經過一座橋，雨看起來不小，他整個臉充滿著雨水，再仔細往裡頭看，我看見他的眼淚從瞳眸中溢出，混雜著淚水、雨水及一堆擱在心裡頭的事情，顯然他現在的狀況並不怎麼輕鬆。」一個看起來三十初頭的年輕人從外面闖了進來，急忙搭腔，然而他身後那一股風雨不等他說完反倒是搶先從他身後奪門而入，屋子裡的人個個走避不及。

這會大夥兒全都陷入一種消極的情緒裡。費太太站起身來，扶起跌坐在門口的男人，傭人用身子抵住門那端轟隆隆的風雨。

「這麼大的風雨，他恐怕會有危險。」「我看是凶多吉少了。」「怎麼辦？」眾人紛紛猜測著費先生的生命安危，只有費太太一個人安靜的走回房間，坐在書桌旁。她看著窗外的雨打在芭蕉葉上，水是一波又一波的順著葉面衝進她的心裡，她終於沈重的閉上眼睛。

「怎麼辦？我該怎麼辦。他究竟跑到哪裡去了。剛剛他是怎麼回事，爲什麼我才一轉身他就放下所有的東西往門外走，彷彿有什麼力量拖曳著他，我看他的眼神顯得不太對勁。」費太太皺緊雙眉不斷回想剛剛費先生的模樣。

「他不會回來了。老奶奶怎麼能夠那麼篤定？難道老奶奶隱瞞了些什麼？」費太太的思緒延著過往一些可搜尋的記憶不斷往上攀爬，這才想起一件事。

剛嫁進來這個家的那一年，許多人都對她說：「沈荷啊，那位費先生不會長久待在妳身邊的。」然而，這句話聽在耳裡，實在是多麼的荒謬與可笑，「究竟有什麼人、什麼事是可以永遠的留在身邊？一切到了後頭不都是塵歸塵，土歸土。」「但

是這句話跟今天費先生的出走，沒有回頭，有何關係？老奶奶信誓旦旦的言語，彷彿預見了什麼。」費太太苦思不已，風雨這麼大，怕沒有回來，在外面也剩半條命了。「沈荷呀，不能嫁他呀，嫁他妳會失去自由啊。」「妳可知道一個女人嫁出去，等於把自己生命的四分之三都給送了出去。」「妳沒有自己的房間。」「沒有自己的言語。」「沒有自己的隱私。」「沒有…」

這些話在暴風雨的這天全都打在沈荷的腦海裡面。「那麼我應該有什麼？請問我還能有什麼？」沈荷對著那些聲音問。

「你還有身體、有慾望、有靈魂。」「有那些可以做什麼？」「至少不是全部沒有。」「沈荷＝費太太。」「我還有費太太這個稱謂，或者還有費太太的思慮。」「是費先生太太的思慮。」

費太太不想爭辯下去了，她站起身快速走進老奶奶的房間，風雨依舊。外面的人全都不見了，只剩下費太太——沈荷及老奶奶。

「妳還記得你們剛剛吵架嗎？妳一定會說吵架不是常有的事嗎。其實也是。」

「只是妳有沒有想過，當一方逐漸壯大時，另一方也就可能逐漸萎靡。」費太太

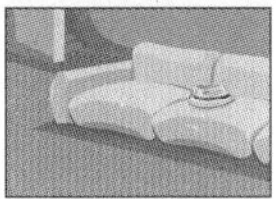

還沒有踏進門就聽見老奶奶拉大嗓子這麼的說著。

「任何一種壯大不過是彌補曾經失去的平衡機會。」老奶奶咳了幾聲，慢慢的說道。

「那好像是一種進程，這個世界會慢慢走到平衡的一天。」老奶奶轉過身對費太太說。

「沈荷，妳過來。」「費先生暫時不會回來了，或者說，他永遠不會回來了，他已經盡了你們之間某種失序關係的義務，因此你們的關係就從這場風雨做爲重新選擇的開始。」

「重新選擇，這個我不懂。」「重新選擇什麼？」「選擇沒有風險的愛情嗎？」沈荷激動的說。

「選擇讓沈荷＝沈荷。」「費先生＝費先生。」「選擇讓費先生＋沈荷或沈荷＋費先生都＝更好，或者更舒服。」

更好，更舒服。沈荷倚在老奶奶身邊，她望著窗外的風雨，好像漸漸體會到費先生眞的不會回來了。面對老奶奶剛剛的說詞，她竟然不知該怎麼答腔。

怎麼這回眞的可以讓她重新選擇，她反而惶惶不安起來了。

海邊回想，城市肉體的獨行

文／綠島　圖／鄭云

前天，剛從海邊回來，夕陽橘紅的影子龐大的映照在視角前方，海水滾盪的十分激烈，那天心情不怎麼好，一個人跑到海邊，看得只是那些浪花激動的打在岩石上，沒有傷痕、卻又能若無其事的全身而退。我蹲坐在一塊平坦的石塊上，看得發呆了，覺得自己像石頭，不像那些海水，然而石頭與海水的某些質素卻也像極了自己。常常拿身體與感情去砸石頭，也常常在海水的衝擊下蕭條了日漸消瘦恍如石頭般的身體。矛盾的生活著，也矛盾的自問生活的意義，每天，每天，一早起來，彷彿就有人搬好來許多梯子，告訴你，今天該爬這些梯子，明天那些梯子準備著，而你也宿命般沒命的爬去。難得這天，有這麼清靜的時刻，挑了個好的角度，一再看著波濤洶湧的海水激動的翻騰來去，很像現在的心情，眞的。然而等到所有的浪花開始漸漸疲憊，以致平靜下來的時候，灰色的天空，帶一點迷離的慵懶，我也開始覺得自己隨之平息。到海邊是爲了什麼，生活裡那麼多波波濤濤，難道是爲了找尋發洩後的這種平靜嗎？

我開始認眞的細數起自己生活裡的眾多妥協，一個、二個、三個，指頭已經不夠用，連腳指頭都要派上用場了。原來，這些已經足夠讓我躲到這個聲浪勝過城市

繁囂的地方來。晚上的海邊，一切的聲音像毛孔遇到冷空氣，敏銳的連一點聲響都足已豎起全身的疙瘩。然而，這麼平靜的緊張，卻也令我開始放鬆下來，好像最壞也就只是掉落到海裡面去，在深海裡面再也不能呼吸，再也不能說話，然後就什麼也看不見了。我揣想著，離開海邊回到都市那叢密林裡，是不是又得每天面對單薄的木梯，直直的往前看，不能不謹慎，否則就要墜落絕頂，可能是被深淵的岩石弄破了頭，也可能就此被河水稀釋，變成腐爛的肉體。

一個生活的地方，無端的把無辜的肉體弄得緊張不已，這實在是反常的現象，怎麼活得越來越倒退。我看見海在夜裡消失，空洞的感覺開始膨脹、扭曲。也許我該回家了。家在遠遠的那方，有一盞燈，有一座高塔，還需要爬過那些嗎？索性我揮掉眼前這些盲目的障礙及重重的壓力，揉起，丟入海中，聲音把那些垃圾襲捲離開，感覺有些快意。

從海邊回到生活，人聲沸騰，都市的大樓一幢一幢，生活在這樣的空間，每天爬過一格一格規定好的框格，尋著一定的軌道。耳朵裡面還迴響著海的聲音，婆

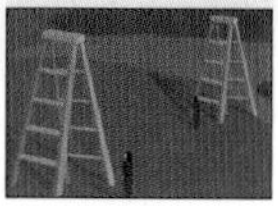

娑，沙沙沙，這些都被錄製在我小小的耳膜當中，偶爾可以拿起來收聽。

有一個朋友說，「他要去旅行。」另一個朋友就接著說，「旅行幹嘛，工作不就是一種旅行。」咳～兩種人，兩種不同的價值觀，難怪這個社會就算有一半的人跑去渡假了，也還有另一半的人還在運作。

放在竹籠裡的小籠包已經蒸熟，熱氣、肉氣一股腦的香氣朝我撲面而來，顧不得那麼多的壓力了，我朝著販賣肉包的老板走去，一口氣要了八個。還沒付清錢，就朝嘴巴猛塞進去。接著，我把整個包子擱在手肘邊，顯得有些燙，趁著熱，塡飽肚子，好有全力，繼續走回叢林的格子裡邊，繼續往上攀爬，看能不能看到明天的太陽再度從東邊昇起。

三個關於死亡與生命的夢

文／普羅　圖／吳司璿

朋友那天晚上到了我家，說是外面風雨大，父母相偕出國旅遊，家裡只留她一人，由於不敢一個人待在家裡，因此求助於租賃在外的我，雖然我面露難色，但，最終還是敵不過內心的交戰，勉爲其難的收留了她。那天夜裡，我們一男一女聊了聊近況，不一會兒開始冷場起來，彼此面面相覷，多了些獨處時的尷尬，於是我建議她不妨早些入睡，明天也好有足夠的精神應付白天的工作。然而，她卻說她不敢睡。她要求我陪她聊聊天，就是說些無關緊要的事情也可以，但就是不要一個人進入夢中。「夢裡面有什麼？」我十分好奇。朋友於是拉起我的手，問我懷疑過自己活著的目的嗎？我搖搖頭說：「我覺得自己活得蠻好的。」說著說著，她開始提起最近接二連三做的夢。

第一個夜裡的死亡之火

我跟著一群不熟識的人盲目的往前走，心裡老覺得不適，任由自己的軀體在無法控制的情況下前進，這令人感到十分的不安。接著，前面的人一個個的接過一盤點燃燭火的盤子，微弱的燭光在冷颼颼的夜裡，顯得脆弱不堪。突然，有一個人倒下了，大夥兒莫名奇妙的驚慌起來。「有人死了！有人死了！」大夥兒看著那個面

露青色，不再紅潤的臉孔幾乎沒命似得驚呼起來。然而有些手持蠟燭的人臉上是一點表情也沒有，他們站在隊伍的前方，慢慢的回過頭，告訴後來這些似乎剛上路的伙伴，他們說：「注意手上的火。一旦燭火熄滅，將永遠歸不得你們的世界。」他們說：「死亡之神站在最前方，他無時無刻都盯著那個把燭火漫不經心弄熄的人。」後來的人於是小心翼翼的捧著自己的火走過一條又一條的路，他們沒有抬頭看、沒有坐下來休息，只是捧著生命之火，一直不斷的往前走，直到目光變得呆滯、神情不再活躍，甚至開始遺忘活著的世界究竟有何歡愉？有何悲喜？他們只是盯著那個燭光，最後不支倒地，沒有再爬起來，後來的人走經過那個熄滅的燭光，也不再驚訝同情，他們定定的向前走，沒有任何波濤起伏。那個夜晚，我從夢中驚醒，月光直直的照射在床頭，我一點睡意也沒有了，只是呆呆的停住自己的思緒，很久很久，它令我的內心產生了莫名的空洞。

第二個夜裡的帶面具的男人

這一夜，我聽見男人的哭聲。夜裡聽到哭聲很少不是帶著某種奇怪恐怖的感覺。我雞皮疙瘩的朝著聲音的來處尋去，赫然發現一個男人正用力的剝下臉上那一

塊像眞人似，像面具的東西。那個時候，我的膽子突然壯大起來，一點也不畏縮的朝著他的方向看去。扯下面具後的他，神情黯然，哭聲淒絕竦然，令人覺得緊張，肩膀不知不覺的僵硬起來。我聽見男人對著浩瀚無垠的夜空痛心哀嚎著：「戴面具的人這麼多，爲什麼惟獨我無法重新回到不戴面具的世界去，即使今天用力扯下面具，我的心、我的身就是怎麼也回不住過去美好的日子了。」他抱著面具用力的哭了起來，那張因久戴面具而枯蝕的臉孔顯得醜陋駭人，卻令我掉下眼淚。我翻身從夜裡醒來，凝視著桌上父母的照片，感到一股幸福與悲哀交織的滋味。枕頭上那一滴滴鹹溼的淚水隨即化入空氣中，一種苦澀的味道飄然而逝。

第三個夜裡的鋼琴師

昨天夜裡，在來到你這裡的那個晚上，實在不想再夢見那些令人覺得心情灰色的夢了，我索性把燈轉亮，不想睡著。在陽台、在書桌，我來回的逡巡走動，心思總是顯得不十分清靜。後來，我聽到一陣悠揚的琴聲，那個琴聲充滿一種深刻、分離、濃厚的思念味道。我陶醉了，深深的陶醉了。那是多麼動人的樂聲在夜裡深深勾動一顆思念人的心。我放下戒心，悠然睡去。就這樣，又來到那一連串的夢裡。

我看見一個面目絲毫無任何表情的女人拿著一只小小的，像玩具的東西，「咦～那像是一位鋼琴師陶醉於琴聲中？」「那不是昨天那位扯下面具，哀嚎不已的男人嗎？」疑竇在心中響起。那男人不再哭泣了，他奏著動人的樂章，露出他可怖的面目，勇敢的、專注的融合在樂聲裡面。而那女人的身後放著一盤即將熄滅的燭光，隱隱約約在她面前晃動的，是即將宣告死亡的生命。顯然那個男人不再畏懼自己的猙獰，他深切的渴望用音樂裡的愛傳達眞實，也許他只剩下這些了。人生裡的眞實、生命裡的眞實，那些醜陋面目下難以撇見的眞實。眞實可以喚醒面無表情的生命嗎？我沒有看到歡笑的結局，那盞微弱的燭光終於還是熄滅，唯獨女人閉上眼睛後，臉上漸次浮上的微微笑臉，像是一朵死去的花在池裡慢慢的脫出花蕾，重新活起。我又醒了，這一次，我從床上爬起，希望可以呼吸一口澈涼的空氣，於是走到窗邊，安靜的看著那微缺的月亮。

聽完了朋友的夢，我已睡意朦朧，可以說，幾乎不知道我們是怎麼結尾的，總之，天亮的時候，朋友已經出門上班去了。她留下一張紙條，說是今天早上起來時，突然心情開朗許多，比較知道自己要過什麼樣的生活了。而我呢？倒是哈欠連

連，趕上整點的火車，急急的趕往位在新竹的公司。在擁擠的火車上，突然開始覺得莫名的空洞，像是一盞燭光在眼前亮起。我用力的捻熄心中升起的念頭，轉車到公司，也許過個幾天，我該休息休息，利用年假出國走走，換個心情，也好有更充裕的時間想想，現在的生活眞的是我追求的嗎？

105 台北市南京東路四段25號11樓

廣　告　回　信
台灣北區郵政管理局登記證
北台字第10227號

大塊文化出版股份有限公司　收

地址：□□□ ＿＿＿＿市／縣＿＿＿＿鄉／鎮／市／區

＿＿＿＿路／街＿＿段＿＿巷＿＿弄＿＿號＿＿樓

姓名：

請沿虛線撕下後對折裝訂寄回，謝謝！

大塊 LOCUS 文化

編號：CA031　書名：愛情聲帶

大塊
LOCUS
文化

讀者回函卡

謝謝您購買這本書，爲了加強對您的服務，請您詳細填寫本卡各欄，寄回大塊出版 (免附回郵) 即可不定期收到本公司最新的出版資訊。

姓名：____________________ **身分證字號**：____________________

住址：____

聯絡電話：(O)____________________ (H)____________________

出生日期：_____年_____月_____日 E-mail: ____________________

學歷：1.□高中及高中以下 2.□專科與大學 3.□研究所以上

職業：1.□學生 2.□資訊業 3.□工 4.□商 5.□服務業 6.□軍警公教 7.□自由業及專業 8.□其他________

從何處得知本書：1.□逛書店 2.□報紙廣告 3.□雜誌廣告 4.□新聞報導 5.□親友介紹 6.□公車廣告 7.□廣播節目8.□書訊 9.□廣告信函 10.□其他__________

您購買過我們那些系列的書：

1.□Touch系列 2.□Mark系列 3.□Smile系列 4.□Catch系列
5.□PC Pink系列 6□tomorrow系列 7□sense系列 8□天才班系列

閱讀嗜好：

1.□財經 2.□企管 3.□心理 4.□勵志 5.□社會人文 6.□自然科學
7.□傳記 8.□音樂藝術 9.□文學 10.□保健 11.□漫畫 12.□其他_____

對我們的建議：____________________________________

____

____

LOCUS

LOCUS